ET NOUS VIVRONS DES JOURS HEUREUX

ISBN 978-2-330-06885-1

Et nous vivrons des jours heureux

100 auteurs
120 actions immédiates
pour résister et créer

#LesJoursHeureux

ACTES SUD

AUX LECTEURS

Un site web, associé à ce livre, est accessible à l'adresse suivante : www.les-jours-heureux.org.

Le lecteur trouvera sur ce site :

– de nombreuses sources documentaires se rapportant aux textes et aux propositions figurant dans cet ouvrage (pour en faciliter sa lecture, celui-ci ne comporte volontairement ni références ni notes de bas de page) ;

– des liens, des documents, des vidéos complétant tous les sujets abordés ;

– des informations sur le mouvement #LesJours-Heureux.

Pour tout renseignement sur ce livre et #Les-JoursHeureux : contact@les-jours-heureux.org.

Ce livre n'a pas été conçu pour conclure des débats mais pour les initier, notamment lors d'une large consultation citoyenne.

Il est possible de participer à la consultation citoyenne à partir du site : 2017agirensemble.fr initié par l'Association des Paralysés de France.

Les idées et propositions exposées dans l'ensemble de l'ouvrage sont le plus souvent convergentes entre tous les auteurs, mais de façon non systématique : les coauteurs de chacun des 31 thèmes présentés ne sont donc pas engagés par les idées contenues dans le reste du livre.

Enfin, un comité éditorial a assuré la coordination des 100 coauteurs ayant contribué à un ou plusieurs des 31 thèmes et des 120 propositions développés dans ce livre. Il était composé de Fanny Charasse, Martin Rieussec-Fournier, Frédéric Le Manach, Jean-Marie Perbost, Gilles Vanderpooten, Jean Gadrey et Thierry Salomon.

SOMMAIRE

PRÉFACE

Claude Alphandéry, Christiane Hessel
et Edgar Morin

Regardant trois générations en arrière, revisitant la Résistance, les jeunes citoyens des "Jours heureux" entendent réactualiser le programme du CNR, le Conseil national de la Résistance. Un texte qu'ils jugent fondateur par son *contexte* d'invasion de la patrie et d'une démocratie à repenser et à régénérer, par sa *méthode* d'élaboration dans la clandestinité, par son *contenu* riche de propositions pour une démocratie sociale.

Les "Jours heureux" de 2016 ont l'ambition, tout en s'inspirant du souffle et des propositions de ce programme, de l'actualiser ; ils prennent en compte les profonds changements survenus et souhaitent faire vivre un nouveau texte fondateur.

Bien sûr, le *contexte* n'est pas le même. Ni invasion militaire, ni jusqu'ici l'abandon déclaré de la démocratie, mais un envahisseur omniprésent : la toute-puissance de la finance, de l'intérêt, du calcul. Et les avancées sociales auxquelles le CNR avait contribué sont battues en brèche jusqu'au risque d'une régression totalitaire et d'un effacement de la démocratie. De plus, la brusque accélération des menaces écologiques, la démesure d'une économie survoltée par les nouvelles technologies, la mondialisation et la financiarisation ont des effets destructeurs sur l'environnement, le lien social et l'emploi. Dans une situation qui n'est certes pas celle des années de terreur de la France occupée et trahie, mais qui est lourde d'inquiétudes et d'indignation, il est naturel et juste de se reporter au programme du CNR, comme il est nécessaire de l'adapter aux grandes transformations.

La *méthode* de diffusion de ce programme ne saurait non plus être la même entre les réseaux sociaux d'aujourd'hui, gorgés d'informations numérisées, et les difficultés, les dangers d'alors d'une diffusion clandestine. Mais des formes orales de communication s'étaient largement développées dans les maquis où se côtoyaient et discutaient jeunes paysans, ouvriers, étudiants de toutes origines. Ceux-ci se constituaient souvent en clubs de citoyens, et ont inspiré et validé le contenu du programme du CNR comme le feront demain les citoyens sur le programme des "Jours heureux".

Son *contenu* allait au-delà d'une organisation des pouvoirs protégeant les libertés ; il jetait les bases d'une démocratie sociale par l'extension des droits des travailleurs, par une redistribution du revenu national et la sécurité pour les plus faibles, par la mise à l'honneur et l'amélioration des services publics. Propositions suffisamment claires, rigoureuses et innovantes pour avoir enclenché des avancées notables qui ont été en partie annulées par les abus de l'économie financière. Mais des propositions qui méritent d'être actualisées : elles reposaient essentiellement sur l'intervention de l'État sans valoriser suffisamment l'action des citoyens. Il est vrai que la France avait une forte tradition colbertiste et que l'exemple soviétique centralisateur paraissait encore prometteur. Et l'on ne peut omettre les oublis de ce programme, très révélateurs de l'état d'esprit de l'époque : aucune ligne sur les droits des femmes ; une expression minimale sur ceux des populations colonisées sans mettre en cause le fait même de la colonisation ; rien sur la reconstruction d'une Europe dont l'avenir restait prisonnier du sort réservé à l'Allemagne.

Le souffle, l'importance historique, le contenu autant que les lacunes du programme du CNR ouvrent un large champ d'action démocratique pour s'inspirer de ce grand texte. Et pour l'actualiser en prenant en compte les fortes évolutions démographiques, géopolitiques, économiques, écologiques et les nouvelles réponses des citoyens qui s'indignent et refusent de se soumettre aux puissances de l'argent, entendant comme leurs aînés rénover la démocratie.

Ce livre issu d'une déjà vaste consultation est le premier temps d'un processus de régénération démocratique à laquelle participent nombre de mouvements tels que les Jours heureux, les États généraux du pouvoir citoyen, les Convivialistes, le Collectif Roosevelt…

Il appartient aux citoyens, dans une période où les échéances électorales ne sauraient les laisser indifférents, de transformer cet essai par la créativité de leurs commentaires, leurs critiques et leurs propositions en un brûlot d'indignation et d'espoir, en une œuvre de civilisation.

APPEL DES RÉSISTANTS AUX JEUNES GÉNÉRATIONS
(extraits)

"Nous appelons les mouvements, partis, associations, institutions et syndicats héritiers de la Résistance à dépasser les enjeux sectoriels, et à se consacrer en priorité aux causes politiques des injustices et des conflits sociaux, et non plus seulement à leurs conséquences, à définir ensemble un nouveau « Programme de Résistance » pour notre siècle, sachant que le fascisme se nourrit toujours du racisme, de l'intolérance et de la guerre, qui eux-mêmes se nourrissent des injustices sociales.

Nous appelons enfin les enfants, les jeunes, les parents, les anciens et les grands-parents, les éducateurs, les autorités publiques, à une véritable insurrection pacifique contre les moyens de communication de masse qui ne proposent comme horizon pour notre jeunesse que la consommation marchande, le mépris des plus faibles et de la culture, l'amnésie généralisée et la compétition à outrance de tous contre tous.

Plus que jamais, à ceux et celles qui feront le siècle qui commence, nous voulons dire avec notre affection : *Créer, c'est résister. Résister, c'est créer.*"

Appel des résistants aux jeunes générations cosigné le 8 mars 2004 par treize personnalités de la Résistance :

Lucie Aubrac, Raymond Aubrac, Henri Bartoli, Daniel Cordier, Philippe Dechartre, Georges Guingouin, Stéphane Hessel, Maurice Kriegel-Valrimont, Lise London, Georges Séguy, Germaine Tillion, Jean-Pierre Vernant, Maurice Voutey.

PRÉAMBULE

Fanny Charrasse, les auteurs de cet ouvrage
et l'équipe bénévole de #LesJoursHeureux

Les Jours heureux, c'est ainsi que s'intitulait le programme rédigé par le Conseil national de la Résistance en 1944 alors que la France était encore sous occupation nazie. *Les Jours heureux*, fruit d'une convergence des luttes au cœur de la barbarie. *Les Jours heureux*, l'espoir de recouvrer la liberté et d'écrire l'histoire d'une société plus juste.

Au lendemain de la Seconde Guerre mondiale, le programme des Jours heureux a permis de réformer la société française. Il a rétabli la démocratie et le suffrage universel, la liberté de presse, d'association, de pensée, et l'égalité absolue de tous devant la loi. Il a réorganisé l'économie afin d'assurer la subordination des intérêts particuliers à l'intérêt général, rendu à la Nation ses moyens de production, le fruit du travail commun, ses sources d'énergie et ses richesses. Il a nationalisé les grandes banques et les compagnies d'assurances. Il a instauré le droit au travail et le droit au repos, garanti à chaque travailleur et à sa famille un niveau de salaire et de traitement suffisant pour vivre dignement. Il a établi un plan complet de sécurité sociale afin d'assurer à tous les citoyens des moyens d'existence même en cas d'incapacité de travailler. Il a élevé et sécurisé le niveau de vie des travailleurs de la terre par une politique de prix agricoles rémunérateurs, et a mis en place les retraites par répartition afin que les vieux travailleurs puissent finir dignement leurs jours. En quelques mots, le programme des Jours heureux a permis l'élaboration d'une société plus juste, plus libre et plus solidaire.

Aujourd'hui la France n'est pas occupée, mais 3,8 millions de personnes y sont mal logées et, parmi elles, 141 500 sont sans domicile. Aujourd'hui nous ne sommes pas en guerre, mais près de 18 000 personnes vivent dans un bidonville, et près d'un tiers des enfants mal-logés souffrent de sifflements respiratoires. Non, aujourd'hui la France n'est pas occupée, mais entre 2 et 3,9 millions de ses habitants vivent dans un ménage pauvre, et 12,3 % de ses salariés ont un emploi précaire. Nous ne sommes pas en guerre, mais nous subissons un chômage de masse avec 3 millions de chômeurs en France, et nous sommes à peu près autant de Français au bord du burn-out. La France n'est pas en guerre, mais nous épandons chaque année sur ses terres près de 66 600 tonnes de pesticides, alors que nous savons certains de ces produits cancérogènes, mutagènes, reprotoxiques et responsables de la mort de 250 000 personnes par an dans le monde. Nous ne sommes pas en guerre, mais 115 personnes meurent chaque jour en France à cause des particules fines émises par le diesel.

Ou plutôt si, nous sommes en guerre : une guerre qui a commencé avec la mondialisation néo-libérale et se poursuit aujourd'hui avec la financiarisation de l'économie. En guerre sans trop le savoir, en guerre sans trop l'être, nous sommes en crise économique, sociale, écologique et politique.

Alors, nous avons de bonnes raisons de nous indigner. Et c'est ce que nombre d'entre nous ont fait en refusant la loi Travail. En demeurant des "nuits debout" à dénoncer le pouvoir démesuré de la finance et de grands actionnaires qui, entre traités dits "de libre-échange", arrangements entre amis et Panama Papers, consument notre démocratie. En refusant la logique d'un monde où, tandis que quelques-uns accumulent les dividendes, le plus grand nombre en subit les conséquences, toujours plus flexibilisés et victimes de cadences accélérées, sans pour autant récolter le juste salaire de leur travail.

Aujourd'hui nous écrivons pour dénoncer cette oligarchie qui, mettant le peuple sous tutelle, détruit nos biens communs et est contraire à notre idéal démocratique. Nous écrivons contre la déliquescence de la démocratie, contre la confiscation du pouvoir politique par des castes liées à l'oligarchie économique et financière. Et nous écrivons pour demander la séparation des pouvoirs exécutif, législatif et judiciaire, demander à être écoutés, nous réapproprier la chose publique et faire ensemble de la politique, car elle est l'affaire de tous, et que nous sommes tous concernés par la montée de la misère, du chômage et par le réchauffement climatique. Enfin, nous écrivons pour refuser. Refuser l'exploitation de la nature à l'origine de la crise écologique, climatique, planétaire et sanitaire. Refuser les monocultures qui appauvrissent nos terres et les pesticides qui polluent nos rivières et nous intoxiquent. Refuser les OGM qui asservissent les paysans, rendent malades le bétail autant que nous-mêmes. Refuser les énergies fossiles et fissiles, et tous ces grands projets d'infrastructures qui, tout en détruisant notre planète, nous mènent à notre perte.

Ainsi, parce que nous ne voulons plus de ce système, plus de cette crise, plus de cette misère, plus de cette injustice, parce que nous souhaitons qu'aux nuits debout succèdent des jours heureux, nous avons demandé à une centaine de citoyens français, reconnus dans leurs domaines, de faire ensemble des propositions pour un monde meilleur. Un monde démocratique plutôt qu'oligarchique. Solidaire plutôt qu'individualiste. Transparent plutôt qu'opaque. Un monde remplaçant la compétition par la coopération, le jetable par le réparable, l'obsolescence programmée par le durable, l'aliénation par la liberté et le mal-être par le bien-être. Oui, c'est parce que nous ne croyons plus en ce système politique, parce que nous sommes dans une situation critique, que nous avons décidé de nous unir et de réactiver ensemble l'idéal des résistants de la Seconde Guerre mondiale en réécrivant le programme des Jours heureux.

Ce programme commence par une réappropriation des biens communs – et notamment des ressources naturelles, du travail et de la monnaie. Autrement dit, il commence par l'accessibilité pour tous et la gestion commune des ressources essentielles. Il invite à prendre soin plutôt qu'à surproduire, à préserver plutôt qu'à accumuler, à privilégier la qualité plutôt que la quantité, et la sobriété matérielle plutôt que la démesure. Il invite à opérer une transition économique, sociale, écologique et politique, organisée démocratiquement, articulant le global et le local, l'individuel et le collectif, et mettant au cœur de ses préoccupations le bien-être universel. Il réactive, dans chacun de ses chapitres et de ses thèmes, les valeurs aujourd'hui malmenées de l'égalité et de la solidarité, des libertés et des droits fondamentaux, en faisant de la démocratie active et permanente aussi bien une fin désirable en soi qu'un moyen efficace au service du mieux-vivre. Et il porte sur la place de la France dans le monde en tant que pays qui devrait défendre des propositions de paix, de désarmement, de coopération contre la guerre économique et son "libre-échange".

Désormais, nous prendrons soin.

Nous prendrons soin des personnes et du travail, soin du lien social, soin des choses, soin de la nature et soin de la démocratie. Désormais, au lieu de surproduire et de détruire en masse, au lieu de réduire la richesse de notre société à sa production économique, nous ferons attention aux dommages collatéraux causés par une croissance illusoire, destructrice de la planète. Nous étendrons nos richesses bien au-delà de la seule production matérielle, au lien social, à la nature, à la culture et à la démocratie, à tout ce qui fait que la vie vaut la peine d'être vécue.

Et puis, désormais, au lieu d'accumuler des biens privés à outrance, nous veillerons à préserver ensemble nos biens communs. Nous veillerons à préserver la qualité de l'air de nos villes, de la terre de nos campagnes, de l'eau de nos rivières et de la biodiversité. La qualité de notre patrimoine culturel, de notre protection sociale, de notre travail, de notre emploi. La qualité des écosystèmes, du climat et de la vie. Oui, nous veillerons à protéger tout cela, car nous pensons que c'est en valorisant la qualité plutôt que la quantité que nous atteindrons la sobriété heureuse. Nous veillerons à tout cela, et nos jours heureux seront ceux de la suffisance matérielle plutôt que de la surabondance – avec plus de dons, d'échanges, de réparations et de partages. Nous protégerons tout cela, et nos jours heureux seront ceux de la décentralisation, ceux des circuits courts, de la déconcentration des villes et de l'autonomie des territoires ruraux. Nos jours heureux seront ceux du service partagé – de la consommation collaborative, du covoiturage, de l'autopartage, des jardins communs, de la cohabitation et de la mutualisation des achats. Oui, nos jours heureux mettront le partage au cœur de leur préoccupation. Ils remplaceront le culte de la vitesse par la mobilité économe en réduisant les distances et le nombre de déplacements, en encourageant les transports mutualisés, le tourisme local et l'écoconduite. Enfin, à notre vision anthropocentrique marquée par l'artificialité, nos jours heureux substitueront une vision transversale unissant la nature et la culture. Ils le permettront en privilégiant l'économie circulaire, les énergies renouvelables, l'alimentation biologique, locale et de saison, en réduisant la place accordée à l'automobile, en limitant l'étalement urbain, en modérant les espaces chauffés. Ils permettront tout cela par de nombreuses mesures que nous mettrons en place ensemble. Ce sont ces mesures essentielles que nous vous proposons dans les pages qui suivent, sans prétendre à l'exhaustivité. Il faut voir ce livre collectif comme un point de départ pour un mouvement citoyen, et non un point d'arrivée. Il est destiné à ouvrir des débats partout en France pour que des propositions fortes puissent, en 2017 et au-delà, être soumises à délibération et à des candidats et candidates aux responsabilités électives.

Pour que nous vivions des jours heureux.

LA VIE PUBLIQUE

Démocratie – Institutions –
Médias – Europe – Corruption –
Information – Citoyenneté

OXYGÉNER LA DÉMOCRATIE LOCALE

Vincent Beillard, Fanny Charrasse,
Tristan Rechid, Yvan Richard et Jo Spiegel

CONSTAT

La décentralisation s'est arrêtée au maire, et rares sont les communes françaises qui expérimentent une véritable démocratie locale.

Certes, la loi constitutionnelle du 28 mars 2003, en créant le droit de pétition et en introduisant le référendum décisionnel, a permis que la participation des citoyens au niveau local ne se réduise plus uniquement à l'élection au suffrage universel direct des conseillers municipaux une fois tous les six ans. Mais, dans la pratique, la participation des citoyens dans la vie de leur commune reste faible à ce jour.

Même les élus de bonne foi sont enfermés dans des habitudes, considérant que l'élection leur donne la légitimité et la délégation permanente de pouvoir, oubliant parfois d'informer, souvent de consulter, de coconstruire, de codécider avec les citoyens, et leur laissant un trop faible pouvoir d'agir.

Le fossé s'est donc creusé entre représentants et représentés. La crise démocratique (abstention, manipulation des peurs, promesses non tenues et non tenables, etc.) est née précisément des limites de la démocratie électorale. Aujourd'hui la légitimité d'une décision ne vient plus de *qui* la prend mais de *comment* on la prend.

Or les élus de bonne volonté sont complètement démunis en matière d'ingénierie démocratique : sans formation aux outils de la concertation et de la cocontruction de la décision, ils restent trop souvent dans la peur du débat public.

CAP À PRENDRE

C'est au niveau local qu'il faut reconstruire les prémices d'un nouvel âge démocratique. Une "démocratie de fraternité" doit être *réfléchie* pour aller au fond des choses, *interactive* pour relier régulièrement représentants et représentés, et *édifiante* pour solliciter le meilleur de nous-mêmes. Des états généraux permanents de la démocratie doivent revendiquer l'élévation du débat public, inviter chaque habitant à devenir coproducteur et copropriétaire de l'intérêt général, et encourager la pratique d'une "grammaire démocratique" articulée autour de quatre niveaux d'exigence :

– l'information, pour la transparence sur les projets envisagés et en cours ;

– le débat, pour une véritable écoute et concertation ;

– l'élaboration, pour une co-construction ;

– l'implication, pour associer au sein de commissions, et dans la codécision.

Le rôle des décideurs, du maire et des élus est donc réinterrogé : avant de décider, ils doivent être à l'écoute des initiatives citoyennes favorisant les processus de décisions.

Ce processus nécessite *ouverture à l'expérimentation*, *simplicité*, *rigueur*, *productivité* et surtout *convivialité*. Il devra être accompagné par des personnes formées aux méthodes et aux outils d'animation innovants.

L'élection municipale sortira alors de la cour de récréation ou du champ de bataille et deviendra une séquence de la "démocratie d'écoconstruction", l'équipe municipale et ses projets municipaux s'appuyant sur une logique d'élaboration et de codécision.

ACTIONS IMMÉDIATES

A – Créer un conseil communal de la démocratie

Composé d'habitants engagés, d'élus, d'organisations, s'appuyant sur des expertises techniques, il aura à charge d'impulser, de coordonner et d'évaluer la vie démocratique de la commune.

B – Réformer la loi sur le référendum local et sur le droit de pétition

Les élus municipaux et les habitants impliqués dans le conseil communal de la démocratie ou la commission thématique concernée pourront soumettre à référendum local un projet communal.

Toute pétition ayant rassemblé un cinquième des électeurs inscrits sur les listes électorales de la commune obtiendra son inscription immédiate à l'ordre du jour de l'assemblée du conseil municipal.

C – Réformer les conseils de quartier

Au lieu d'être consultés occasionnellement par le maire, des conseils participatifs seront systématiquement mis en œuvre pour tout projet structurant.

D – Droit de révoquer les élus non représentatifs

Une loi permettra la révocabilité des élus lorsque ceux-ci accaparent le pouvoir de façon non démocratique.

E – Création de centres de formation et de ressources démocratiques départementaux

Ces centres devront disposer de moyens techniques et humains pour accompagner et former les élus locaux et citoyens à la "démocratie de construction".

F – Favoriser les initiatives financées par les citoyens

Accueillir avec bienveillance les initiatives citoyennes, y compris celles financées par les citoyens eux-mêmes, se démarquant ainsi de l'ambiguïté et du clientélisme qui, trop souvent, président à la demande de subventions.

QUARTIERS POPULAIRES : POUR UNE DÉMOCRATIE D'INITIATIVE CITOYENNE

Marie-Hélène Bacqué, Djamel Blanchard, Bénédicte Madelin, Mohamed Mechmache et Nicky Tremblay

CONSTAT

La crise de la démocratie française se pose avec une acuité particulière dans les quartiers populaires où les difficultés sociales et la crise de la représentation s'y font sentir plus qu'ailleurs. On y observe une montée continue de l'abstention et de la non-inscription sur les listes électorales qui touche 25 à 30 % des personnes en âge de voter. À cela s'ajoute le non-droit de vote des étrangers non européens aux élections locales, alors qu'ils représentent plus de 30 % de la population des quartiers prioritaires de la politique de la ville.

Une démocratie peut-elle fonctionner sans la participation de plus de la moitié de sa population, notamment celle des quartiers populaires ?

La politique de la ville avait fait de la participation des habitants une condition de la transformation des quartiers populaires. Le *Rapport Dubedout* de 1982 appelait à faire des habitants les acteurs du changement. Mais, trente-cinq ans plus tard, ce projet reste largement inabouti.

Quant aux instances participatives mises en place depuis les années 2000, notamment les conseils de quartier, elles ont très vite montré leurs limites, en particulier parce que ce sont le plus souvent des lieux sans enjeux, sans pouvoir. Mais plutôt que d'en analyser les causes, il a été reproché aux citoyens de ne pas avoir les compétences pour comprendre les enjeux des débats et surtout de ne se préoccuper que de leurs intérêts particuliers. De fait, cette démocratie dite participative a cantonné les habitants dans un rôle de figurants.

CAP À PRENDRE

Les exemples ne manquent pas pour démontrer la capacité des citoyens à mobiliser leurs savoirs d'usage, leur compréhension de la société et de la politique, leur inventivité et leur volonté d'agir contre la précarité et l'insécurité sociale. Mais les dynamiques citoyennes, associatives ou non, qui se sont investies dans les quartiers populaires autour d'enjeux aussi divers que la réussite scolaire, l'accès à l'emploi, la rénovation urbaine ou la discrimination, sont fragilisées depuis des années par les logiques d'appel à projets et de mise en concurrence, par les restrictions budgétaires, et elles sont rarement reconnues. Plus encore, elles sont vues comme inquiétantes, voire suspectées de communautarisme quand, s'appuyant sur leur expertise des enjeux du quartier, elles s'inscrivent dans une logique démocratique d'interpellation qui s'adresse aux pouvoirs publics pour demander, contrôler, proposer. Il faut donc rouvrir un espace démocratique à l'initiative des classes populaires qui en sont trop souvent exclues.

ACTIONS IMMÉDIATES

A – Créer un Fonds pour une démocratie d'initiative citoyenne

Il faudra renforcer le droit d'interpellation des citoyens par la création d'un Fonds pour une démocratie d'initiative citoyenne. Or, aujourd'hui, seules sont financées la démocratie représentative et la participation des habitants lorsqu'elles sont initiées par les institutions : la démocratie venant directement de l'initiative des citoyens ne l'est pas. Elle devra également pouvoir l'être *via* un fonds doté d'au moins 5 % du montant total de l'argent public actuellement consacré chaque année au fonctionnement de la démocratie représentative.

B – Soutenir la prise de parole des citoyens à leur initiative

Ce fonds financera toute initiative citoyenne contribuant au débat public sur des enjeux d'intérêt commun, à l'échelle locale ou nationale. Il permettra ainsi l'organisation de débats, de contre-expertises, d'évaluations sur des projets portés par l'État, les collectivités territoriales ou les acteurs économiques. L'objectif de ce fonds ne sera pas de financer des projets de services ou d'actions et d'animations sociales, mais de soutenir la prise de parole des citoyens à leur initiative. Il favorisera le développement de collectifs locaux, comme les "tables de quartier", et fera émerger des sujets qui figurent insuffisamment à l'agenda des politiques publiques et du débat public, tel, par exemple, le contrôle au faciès.

REFONDER LA DÉMOCRATIE FRANÇAISE

Armel Le Coz, Yvan Richard et Jo Spiegel

CONSTAT

L'incapacité de nos sociétés à répondre efficacement à l'intérêt général, aux défis économiques, sociaux et environnementaux du XXIe siècle s'explique en grande partie par les dysfonctionnements de notre système politique, de ses valeurs constitutives et de l'ingénierie démocratique.

L'organisation politique actuelle laisse en effet trop de pouvoir à la finance et pas assez aux citoyens, et favorise l'imbrication des pouvoirs financiers, médiatiques et politiques. La place des défenseurs d'intérêts privés (lobbies) auprès des décideurs publics est trop importante et mal encadrée. La complexité, la lourdeur et la lenteur des procédures de prise de décision favorisent une opacité qui entrave l'appropriation de la chose publique par le citoyen. Les règles et les lois sont nombreuses à ne jamais entrer en application, souvent à cause de leur complexité, de leur illisibilité et de l'inflation législative.

Notre système représentatif basé sur l'élection et l'affrontement systématique d'hommes providentiels devenus professionnels de la politique – avec cumul des mandats et des fonctions – favorise la corruption active et passive, l'entre-soi, la déconnexion des réalités et la reproduction des élites. Notre culture politique de la délégation généralisée pousse à la déresponsabilisation citoyenne ; l'engagement est difficile et peu valorisé.

Face à ces constats alarmants, de plus en plus de citoyens réclament un nouveau modèle démocratique permettant en confiance de coconstruire l'intérêt général, de contribuer directement au bien commun et d'assurer une représentation efficace, incorruptible et dénuée de tout soupçon.

CAP À PRENDRE

Il nous faut avant tout refaire société, "refaire démocratie", et donc concevoir de nouvelles règles du jeu politique : rédiger une nouvelle Constitution sera une formidable occasion de déclencher une profonde dynamique de réinvention politique et d'espoir citoyen.

Cette Constitution devra être rédigée par des citoyens et pour les citoyens, répondre à un principe de "haute qualité démocratique" et aux exigences fondamentales suivantes :

– équilibre et indépendance des pouvoirs législatif, exécutif, judiciaire, médiatique et financier ;

– transparence de la vie publique ;
– participation directe des citoyens aux prises de décisions et à l'action publique ;
– prise en compte du temps long et des générations futures ;
– principe de subsidiarité (penser global, agir local) ;
– éducation populaire, émancipation citoyenne et développement du pouvoir d'agir ;
– affirmation des droits fondamentaux de l'homme, de la femme et de l'enfant ;
– matérialisation du contrat social et de la gestion des communs.

ACTIONS IMMÉDIATES

A – Élaborer une nouvelle Constitution par une convention de citoyens

Au lendemain de l'élection présidentielle, le nouveau président organisera le tirage au sort d'une convention de citoyens et lui donnera pour mission d'écrire, suivant les grands principes énoncés précédemment, une nouvelle Constitution en s'appuyant sur l'intelligence collective des Français. Cette Constitution décrira avec précision l'architecture et le fonctionnement des institutions publiques, ainsi que la place donnée aux organisations privées (associations et entreprises).

Ce processus constituant ouvert et participatif devra être animé et encadré de manière à garantir son indépendance et la qualité du travail mené. Une large diffusion médiatique du processus est indispensable pour créer un élan citoyen et une dynamique d'appropriation de la nouvelle Constitution par la société.

B – Valider la nouvelle Constitution par référendum
La démarche d'écriture de la nouvelle Constitution sera ponctuée par un référendum avant la fin de l'année 2017 permettant de valider la nouvelle organisation du système politique français. La période de construction collective de cette Constitution (au moins 100 jours) laissera le temps au gouvernement de lancer les grandes réformes structurantes décrites dans le reste de l'ouvrage.

DÉMOCRATISER LES INSTITUTIONS EUROPÉENNES

Frédéric Lebaron, Lylian Le Goff,
Frédéric Le Manach, Martin Rieussec-Fournier
et Raymond Zaharia

CONSTAT

Le projet européen a représenté pour beaucoup un espoir de coopération, de paix et de rapprochement entre les peuples. Des progrès ont été réalisés dans un premier temps. Mais, depuis les années 1990, l'espoir humaniste d'une Europe sociale s'est de plus en plus heurté à des institutions européennes créées pour relayer le pouvoir de la finance et de firmes multinationales pratiquant un lobbying constant.

La démocratie, qui se porte déjà très mal en France, est niée ou contournée par ces institutions, en particulier par la Commission et le Conseil européens, la Banque centrale européenne (BCE) et l'Eurogroupe. C'est sur cette base antidémocratique que des accords de "libre-échange" sont négociés dans le secret ou que l'on peut placer un pays entier (la Grèce) "sous ajustement", avec une "troïka" (Commission européenne, BCE et FMI) fixant le cahier des charges des réformes radicales auxquelles les peuples doivent se soumettre.

Ces dérives expliquent largement des opinions hostiles à l'Union européenne dans plusieurs pays et le Brexit de juin 2016. Une refonte des cadres de la démocratie européenne s'impose pour éviter l'éclatement et le repli national ou nationaliste.

CAP À PRENDRE

Il faut pour l'Europe un projet fondé sur la solidarité et la coopération entre les pays et entre les régions, et, pour le mettre en œuvre, un nouveau cadre constitutionnel propre à désamorcer les replis nationaux et à mettre l'économie et la finance au service d'une société des Jours heureux. Le Parlement européen et les parlements nationaux (élus) doivent conserver une prééminence décisionnelle sur la Commission, l'Eurogroupe et la BCE (non élus). En cas de conflits majeurs entre le Parlement européen et les parlements nationaux, ces derniers doivent pouvoir consulter leur peuple et, si besoin, refuser de se soumettre quand des droits fondamentaux – dont ceux de la Déclaration universelle des droits humains – sont en jeu.

La BCE a été constituée comme la banque centrale la plus "indépendante" du monde. Indépendante des citoyens, devrait-on préciser. Son objectif quasi exclusif est la stabilité des prix. Les autres objectifs de l'Union européenne, auxquels elle est aussi censée contribuer, sont ignorés ou au second plan. Il faut lui fixer des objectifs contraignants en matière de progrès social et d'investissements dans la transition écologique, et prévoir son contrôle par les instances élues.

Enfin, il faut mettre fin aux ravages du lobbying d'intérêts privés auprès des élus et des fonctionnaires européens.

ACTIONS IMMÉDIATES

A – Confier aux parlements (nationaux et européen) les décisions finales. La Commission européenne ne devrait être qu'un organe d'aide à la décision au service du Parlement.

B – En finir avec la professionnalisation de la politique par le non-cumul des mandats dans le temps et dans l'espace, par une représentation équilibrée des citoyens, etc. C'est un vaste chantier – impliquant un nouveau traité – qui exige la mise en place d'assemblées constituantes issues de la société civile, chargées de proposer aux peuples non seulement des institutions dans lesquelles ces derniers se reconnaissent pleinement, mais avant tout un projet d'Europe désirable.

C – Encadrer strictement le lobbying : s'inspirer des propositions, telles que celles du Corporate Europe Observatory et de Transparency International, visant à en réguler strictement l'exercice et à en assurer la transparence.

D – Doter le Comité des régions de pouvoirs et moyens accrus pour qu'existe aussi une Europe de la coopération des régions.

DÉMOCRATIE SANS CORRUPTION

Anne-Catherine Husson-Traoré
et Corinne Lepage

CONSTAT

La corruption est l'un des cancers les plus violents de la démocratie. À l'origine de ce mal, de simples conflits d'intérêts non déclarés qui détournent l'intérêt général au profit de l'intérêt d'un individu ou d'un groupe. Quand bien même ils ne sont pas pénalisés, ils déstabilisent les institutions démocratiques.

Le conflit d'intérêts semble devenu quasi consubstantiel au système. En témoigne l'affaire Aubier : un professeur de médecine se répand dans les médias pour nier les effets de la pollution du diesel. Interrogé comme expert par le Sénat, il rend le même avis, "oubliant" de préciser ses liens privilégiés avec le constructeur automobile PSA et la compagnie pétrolière Total... De tels cas sont nombreux, y compris dans des enceintes prestigieuses, telles les académies des sciences ou de médecine, ou bien les agences sanitaires.

Plus grave encore : la corruption ou le trafic d'influence, c'est-à-dire le financement d'une autorité chargée de prendre une décision, qui sévit sur les marchés publics truqués par des complicités rémunérées à tous les niveaux, ou dans le cas de l'utilisation de produits dangereux comme l'épandage de pesticides… Bien des malheurs du monde actuel s'expliquent par la corruption.

De manière plus banale, clientélisme, passe-droits, financement illicite des campagnes électorales achèvent de miner les bases du système démocratique et alimentent la détestation croissante des élites.

CAP À PRENDRE

Pour restituer la confiance des citoyens dans les institutions, il est nécessaire de leur redonner du sens et de garantir leur intégrité. Ces nouvelles règles du jeu ne pourront s'imposer que de la base, et non d'un sommet qui n'y a aucun intérêt.

La transparence de la sphère publique, mais aussi de tous les liens que celle-ci entretient avec les grands donneurs d'ordre privés, est le point de départ de telles règles. La répression effective et la pénalisation renforcée des infractions financières sont ensuite indispensables. Au-delà, le système même de prise de décision doit être révisé afin d'assurer la représentation de la société civile à tous les stades, de l'expertise à la décision finale.

C'est donc bien en réalité le système démocratique, mis à mal par la corruption sous toutes ses formes, qui doit se réinventer pour gérer un monde complexe et assurer la primauté des biens communs et des intérêts humains sur les choix des lobbies et les intérêts financiers de quelques-uns.

ACTIONS IMMÉDIATES

Transparency International a depuis longtemps formulé de nombreuses propositions. La France a mis en place avec la Haute Autorité pour la transparence de la vie publique une première réponse à l'opacité qui entourait le patrimoine des élus. La loi dite Sapin II devrait également constituer un progrès. Mais cela reste très insuffisant, et les mesures suivantes doivent être prises :

A – Renforcer le régime des incompatibilités pour les élus, de manière à exclure des liens directs entre élus et entreprises. Encadrer, et dans certains cas interdire, le lobbying : inscription sur un registre, obligation pour les parlementaires, ministres et leurs équipes d'officialiser les rendez-vous et les documents remis pour solliciter des amendements ou des textes d'application.

B – Créer un véritable statut pour les lanceurs d'alerte et un système de protection pour leur permettre de continuer à mener une vie personnelle et professionnelle normale.

C – Obliger les experts qui se présentent comme "indépendants" à faire preuve de transparence, en explicitant les liens d'intérêts qu'ils peuvent avoir.

D – Renforcer les moyens des juridictions financières compétentes sur ces questions. Les doter d'un arsenal législatif prévoyant des sanctions efficaces adaptées aux différentes formes de corruption. Pénaliser d'une façon ou d'une autre les conflits d'intérêts aux conséquences les plus graves.

POUR UNE INFORMATION LIBRE, PLURALISTE ET CITOYENNE

Camille Dorival, François Ernenwein,
Jean-Claude Guillebaud, Anne-Sophie Novel,
Edwy Plenel et Gilles Vanderpooten

CONSTAT

L'information constitue un "bien commun" qui concourt à l'exercice de la citoyenneté et de la démocratie et relève de l'intérêt général. Or, 71 % des Français considèrent que "les journalistes ont tendance à céder face aux pressions du pouvoir politique" comme du pouvoir économique (sondage Ipsos-*Le Monde*-CEVIPOF, 2014). Un paradoxe pour un secteur qui se veut un contre-pouvoir !

Il est clair que la propriété exclusive des médias les plus influents par des groupes d'intérêt économique alimente le doute sur l'indépendance de l'information. De même, la tentation des institutions nationales ou supranationales de limiter le pouvoir d'enquête des médias entrave la liberté d'informer et soulève un problème démocratique profond, surtout lorsqu'elles invoquent la nécessité du "secret" à propos d'intérêts économiques, d'accords internationaux, de sujets touchant à la santé ou bien à l'évasion fiscale.

Sur le plan économique, enfin, les médias souffrent du déclin d'un modèle traditionnel et d'une sous-capitalisation : il leur faut innover en la matière.

CAP À PRENDRE

"La presse n'est pas un instrument de profit commercial. C'est un instrument de culture, sa mission est de donner des informations exactes, de défendre des idées, de servir la cause du progrès humain." Ces exigences de la Déclaration des droits et des devoirs de la presse de 1945 sont évidentes. Encore faut-il, pour les garantir, remédier aux pratiques qui minent la confiance des citoyens dans l'information, ce qui implique :

– l'élargissement du spectre des investisseurs au-delà de groupes industriels étrangers au secteur des médias, aujourd'hui dominants ;

– la cessation de toute la distillation d'anxiété permanente et de surinterprétation de la surmédiatisation de faits divers, surtout par les chaînes d'information en continu ;

– la primauté de la qualité des contenus sur les logiques de placement publicitaire ;

– la prise de conscience, en tant que citoyen, de notre propre responsabilité et pouvoir.

Face au caractère moutonnier des médias, chacun doit pouvoir faire le choix de sources alternatives d'information : elles existent et représentent un large panel de pratiques, d'analyses, d'idées, de supports – grâce notamment à Internet.

ACTIONS IMMÉDIATES

A – Garantir la transparence, l'indépendance des journalistes et leur liberté d'informer :

– donner une plus grande publicité aux éléments susceptibles de générer des conflits d'intérêts et limiter la concentration dans le secteur des médias ;

– favoriser la participation des journalistes aux décisions stratégiques : représentation dans les conseils d'administration, actionnariat salarié, élection des dirigeants de rédactions ;

– garantir la primauté de la liberté d'informer, la protection des journalistes et leurs sources sur le "secret des affaires" ;

– inscrire dans la Constitution française "le droit des citoyens à une information libre, honnête, pluraliste et de qualité", tel que le propose l'Alliance internationale de journalistes (AIJ).

B – Créer une instance indépendante de médiation de l'information, inspirée de la proposition de l'Association de préfiguration d'un Conseil de presse (APCP) de 2011.

Cette instance offrira aux citoyens un droit de regard sur le traitement de l'information. Organisée sous forme d'association, elle sera administrée par des bénévoles tirés au sort pour un unique mandat, représentant journalistes, citoyens, propriétaires de médias. Elle examinera les plaintes émises par les citoyens, impliquera les journalistes comme médiateurs de débats locaux et rendra accessibles à tous les outils de suivi et de débat.

C – Encourager le développement de médias "citoyens" grâce à une fiscalité spécifique et à l'innovation dans les structures d'actionnariat et les sources de financement (coopératives de salariés et de consommateurs, financements participatifs, mécénats désintéressés, etc.).

D – Inciter les médias à user à bon escient de leur influence : développer l'esprit critique du public, ne pas prendre pour argent comptant l'économisme dominant, promouvoir une citoyenneté active au service de l'intérêt général.

LES VALEURS

Partage du travail – Revenus – Protection sociale – Coopération – Finance – “Libre-échange”

PARTAGER LE TRAVAIL

Dominique Méda et Jean-Marie Perbost

CONSTAT

Le chômage est depuis longtemps la préoccupation numéro un des Français. Plus de 6 millions de personnes sont aujourd'hui inscrites à Pôle emploi (en catégories de A à E). Cette épreuve est synonyme de difficultés financières, d'une angoisse quotidienne, d'un sentiment d'inutilité. Elle impacte la famille et l'entourage.

Ce chômage de masse favorise la stagnation des salaires et la dégradation des conditions de travail, car il est plus difficile de négocier lorsque tant de personnes cherchent un emploi. De plus, quand autant de ménages manquent de revenus et de visibilité, l'activité est ralentie, l'investissement découragé et les déficits se creusent.

Les médias relaient l'idée que certains pays voisins, dont il faudrait s'inspirer, seraient "proches du plein emploi". Certes, leur taux de chômage officiel est de l'ordre de 5 % quand le nôtre avoisine les 10 %. Mais dans tous ces pays, sans aucune exception, il y a beaucoup plus de temps partiel, de petits boulots, de précarité et de travailleurs pauvres. Aux États-Unis, le président de Gallup a même évoqué un "grand mensonge" à propos du faible taux de chômage américain. Ce constat balaye la croyance qui voudrait que notre salut passe par moins de cotisations sociales et d'impôts pour les entreprises, et moins de protection pour les salariés, *via* le démantèlement du droit du travail.

CAP À PRENDRE

Une double révolution technologique est en cours, l'automatisation et le numérique : robots, machines, logiciels, algorithmes diminuent la quantité de travail humain nécessaire dans un grand nombre de secteurs. Largement négligée par les dirigeants actuels, elle ne permet plus de donner un travail à temps plein à la population active.

Mais il existe bien d'autres raisons de *diminuer la durée normale de travail pour tous* afin de travailler mieux, de réduire l'intensité du travail aujourd'hui, de promouvoir l'égalité entre hommes et femmes, de permettre une meilleure vie familiale et une participation accrue à la vie politique locale, nationale et à la vitalité associative. Vivre tout simplement mieux !

Or, aujourd'hui, on nous oblige à choisir entre un taux de 10 % de chômeurs ou des mini-jobs mal payés. Ce "partage" n'est ni juste, ni efficace, ni durable. Il est urgent de répartir autrement le travail. Au partage sauvage, nous voulons substituer un partage civilisé. L'objectif est que tous les Français qui le souhaitent puissent accéder à un emploi leur permettant de vivre dignement.

Au cours du XXe siècle, le législateur a adapté la durée du travail au progrès technique et à des exigences sociales. C'est ce mouvement historique que nous voulons reprendre. L'enjeu est de taille : créer environ un million d'emplois par un meilleur partage.

ACTIONS IMMÉDIATES

A – Une loi permettra aux entreprises d'embaucher en réduisant le temps de travail sans surcoût. Ainsi, toute entreprise réduisant son temps de travail d'au moins 10 % et embauchant au moins 10 % de salariés bénéficiera de baisses de cotisations et d'aides, de telle sorte que cela ne lui coûtera rien. Ce dispositif est neutre pour l'État : il déplace de l'argent qui aurait de toute façon été dépensé pour accompagner l'inactivité (le coût public du chômage dépasse 100 milliards d'euros par an) vers des emplois qui sont créés de manière certaine et génèrent de l'activité économique et des recettes pour l'État.

B – Cette première loi sera destinée à des entreprises volontaires, mais fortement incitées. Les Français pourront ensuite se prononcer par référendum sur une généralisation négociée de la mesure.

C – Un programme national de requalification-formation accompagnera le processus.

VERS DES ÉCARTS DE REVENUS RÉELS DE 1 À 10

Jean Gadrey, Gaël Giraud, Camille Lambert et Cécile Renouard

CONSTAT

Au cours des dernières décennies, les écarts de revenus réels (c'est-à-dire l'ensemble des revenus nets après impôt) ont explosé en France. Les bas revenus ont décroché : entre 1990 et 2014, le pouvoir d'achat du RMI/RSA (revenu minimum d'insertion, puis revenu de solidarité active) a perdu 25 % par rapport à celui du SMIC horaire. Les hauts revenus ont bondi. Il y a seulement quarante ans, dans les grandes entreprises, les plus hautes rémunérations ne dépassaient guère vingt ou trente fois les plus basses. On atteint aujourd'hui des écarts de 1 à plusieurs centaines ! Et la fiscalité était beaucoup plus progressive. Elle freinait aussi l'accumulation des gros patrimoines *via* notamment un véritable impôt sur les successions. Ce n'est plus le cas, et l'impôt sur la fortune est une passoire qui rapporte peu. Cette situation est destructrice pour le vivre-ensemble, provoquant une légitime indignation.

Quant à la pauvreté, elle a beaucoup progressé (+ 1 million de pauvres entre 2004 et 2013) alors qu'elle avait nettement régressé entre 1970 et 2004.

CAP À PRENDRE

Dans une société des Jours heureux, les revenus totaux nets les plus élevés ne devraient pas dépasser dix fois les plus faibles (ce "facteur 10" sera débattu, et il est possible qu'un écart plus important, mais toujours contraignant, soit retenu dans un premier temps).

Y parvenir nécessite une forte revalorisation des très bas revenus – aujourd'hui le RSA (revenu de solidarité active) ou l'ASS (allocation de solidarité spécifique) – et une limitation des très hauts revenus. Les minima sociaux les plus bas (RSA et ASS) seront relevés de 40 % à 50 %. Les très bas salaires doivent eux aussi être revalorisés, en s'attaquant en particulier au temps partiel contraint qui laisse nombre de salariés sous le seuil de pauvreté.

Le principe du revenu inconditionnel représente une alternative dont il convient d'étudier et d'expérimenter les avantages et inconvénients sur la base des montants précisés ci-dessus.

Pour les hauts revenus, il faut une fiscalité aussi progressive que pendant les Trente Glorieuses, faire la chasse aux niches fiscales pour privilégiés et à l'évasion fiscale. Mais il faut aussi des rémunérations avant impôt bien moins inégalitaires. Dans les entreprises, les plus hautes rémunérations ne devraient pas excéder 20 fois les plus basses, ce que la loi prévoit déjà dans les administrations : si cet écart avant impôt est couplé avec une fiscalité très progressive, on est proche d'un écart de 1 à 10 après impôt. À nouveau, si un tel objectif ne peut pas être atteint à court terme, au moins faut-il avancer dans cette voie, par exemple en conditionnant la commande et les subventions publiques au respect d'un "facteur X" démocratiquement fixé.

ACTIONS IMMÉDIATES

A – Le montant de la rémunération minimale (salaire et primes) appliquée dans une entreprise, calculé en équivalent temps plein, ne pourra être inférieur au 1/20, chiffre à débattre, de la rémunération individuelle la plus élevée. Un renforcement de la loi sur la "vigilance des multinationales" empêchera les grandes entreprises de se défausser de leurs obligations sur leurs sous-traitants.

B – Le nombre de tranches de l'impôt sur le revenu (IR) sera porté de 5 à 9 et le taux marginal à 70 % au lieu de 45 %. La fusion de l'IR et de la CSG (contribution sociale généralisée) s'effectuera en appliquant la même progressivité à l'ensemble fusionné. Au total, 90 % des ménages, les moins riches, auront un taux moyen d'imposition inférieur ou égal au taux actuel.

C – Le montant des minima sociaux les plus faibles (RSA et ASS) sera augmenté de 40 % à 50 % sur deux ans. Les autres minima sociaux, dont l'AAH (allocation adulte handicapé) et l'ASPA (allocation de solidarité aux personnes âgées), seront revalorisés de 25 % sur deux ans.

D – De véritables impôts sur la fortune et sur les successions seront introduits pour en finir avec des inégalités de patrimoine indécentes.

E – Un débat national s'appuyant sur des conventions de citoyens sera organisé sur le revenu inconditionnel et universel, et des expérimentations seront encouragées sur des territoires volontaires.

POUR UN RENOUVEAU DE NOTRE SÉCURITÉ SOCIALE

Emmanuelle Heidsieck, Anne-Marie Thomazeau, Léonora Tréhel et Marc Zamichiei

CONSTAT

Dans la France de 1945, le projet politique de sécurité sociale a su conjuguer mieux-vivre et redressement en instaurant des droits fondés sur les principes de solidarité et de redistribution : protéger les travailleurs des aléas du marché, garantir la vieillesse par un revenu, assurer des soins pour tous, aider la famille et réduire les inégalités.

Or, la Sécurité sociale est présentée aujourd'hui avant tout comme un coût à réduire. Une telle vision produit et creuse des inégalités, sanitaires, sociales et territoriales, nourrit la crise économique et environnementale, et au final engendre encore plus d'"insécurité sociale".

Il faut renouer avec un véritable projet politique de sécurité sociale pour conforter les valeurs de la solidarité contre l'individualisme. Il faut accompagner et sécuriser les personnes tout au long de leur vie, dans les parcours professionnels, les situations de dépendance, les besoins de santé, de soins et de prévention.

CAP À PRENDRE

La protection sociale, c'est 34 % du PIB (produit intérieur brut). Les décisions la concernant ne peuvent être confisquées par des experts, sous le seul angle de la réduction des coûts. Il est temps d'instaurer un large débat national et citoyen sur son avenir et ses missions, qui doivent :

– s'inscrire dans une logique de développement durable en donnant une dimension collective et universelle aux prestations sociales et en renforçant leur caractère redistributif ;

– instaurer de nouveaux droits dans une approche préventive et non uniquement réparatrice et indemnisatrice ; il faut notamment renforcer la médecine du travail et la médecine scolaire ;

– renouer avec une gestion démocratique de la Sécurité sociale permettant à la société civile (syndicats, mutuelles et associations) de porter le projet politique ;

– considérer son financement comme un investissement pour toute la société ;

– rompre avec la marchandisation de la santé en améliorant les prises en charge par l'Assurance maladie et la revalorisation des actes et tarifs opposables, et en régulant l'activité sanitaire sur des bases d'efficacité sanitaire et non de maîtrise purement comptable ;

– conforter le rôle social des mutuelles à but non lucratif, réduire ce qui reste à leur charge, apporter des services de proximité, répondre aux besoins d'accompagnement des personnes et des aidants ; les mutuelles solidaires participent pleinement à ces réponses par leurs actions de prévoyance et d'entraide dans un cadre démocratique, parce qu'elles appartiennent à leurs adhérents et parce qu'elles sont gérées par des administrateurs bénévoles.

ACTIONS IMMÉDIATES

A – Élire (et non désigner) des administrateurs aux caisses de Sécurité sociale

Les dernières élections ont eu lieu en… 1983. Les administrateurs sont aujourd'hui non plus élus mais désignés, ce qui représente un affaiblissement de la démocratie sociale. Renouveler les formes de démocratie représentative et participative, c'est aussi "faire campagne" pour la Sécurité sociale, en particulier auprès des jeunes, en enseignant son histoire et son fonctionnement au lycée.

B – Élargir le financement de la Sécurité sociale à toute la valeur ajoutée produite, dont les revenus financiers

Est-il normal que dans certains secteurs (finances, énergie, industrie pétrolière…), les cotisations soient deux fois moins élevées par rapport à la richesse produite que dans d'autres secteurs parce qu'on y emploie moins de salariés ?

Il est aussi nécessaire d'instaurer une prime de "mieux-value sociale" en valorisant les entreprises socialement et écologiquement responsables.

C – Une mutuelle pour tous

Des aides à la mutualisation existent – CMU-C (couverture maladie universelle complémentaire), ACS (aide au paiement d'une complémentaire santé pour les salariés et les retraités) –, mais elles sont fragmentées entre populations et générations, sont illisibles et entraînent des renoncements aux soins. Il faut revenir à une solution universelle sous forme d'un crédit d'impôt ou d'un chèque santé pour rendre égal l'accès à la couverture complémentaire. Il faut aussi supprimer la taxe spéciale sur les conventions d'assurance (TSCA) de 7 % dans le cas des contrats responsables et solidaires des mutuelles.

CONTRE LE "LIBRE-ÉCHANGE" : TAXES AUX FRONTIÈRES ET POLITIQUES DE COOPÉRATION

Marc Dufumier, Jean Gadrey,
Fabrice Lallement et François Ruffin

CONSTAT

Une entreprise textile qui quitte le Nord de la France pour la Pologne, avant de déménager en Bulgarie, et peut-être en Grèce. Des firmes du CAC 40 qui ne paient que 8 % d'impôt sur les sociétés, contre 30 % en moyenne pour les PME. Une taxe carbone abandonnée, car "nous n'imposerons pas à nos industriels des contraintes si, dans le même temps, on autorise les importations venant de pays qui ne respectent aucune des règles environnementales et inondent nos marchés" (Nicolas Sarkozy, 12 mars 2010).

Une même cause produit tous ces divers effets : la libre circulation des capitaux et des marchandises, y compris avec les pays tiers. Ce dumping à la fois social, fiscal et environnemental est stipulé par à peu près tous les traités européens. Ce "libre-échange" permet aux multinationales, comme dans les rayons d'un supermarché mondial, de choisir ici le coût du travail le plus faible, là l'absence de taxation des plus-values, ailleurs la faiblesse des normes environnementales.

CAP À PRENDRE

Face à cette situation, il nous faut :

– rompre avec cette “libre circulation” en refusant les nouveaux traités de “libre-échange” comme le TAFTA (TransAtlantic Free Trade Agreement) ou le CETA (Comprehensive Economic and Trade Agreement), mais aussi en défaisant ou modifiant en profondeur les précédents : accords de l’OMC (Organisation mondiale du commerce), du GATT (General Agreement on Tarifs and Trade), et au niveau européen les traités de Maastricht, d’Amsterdam et de Lisbonne ;

– mettre en œuvre une véritable politique industrielle et agricole afin d’identifier les secteurs à protéger : quels sont nos besoins ? que veut-on produire ? dans quelles conditions ? quels biens communs protéger ?

– instaurer des coopérations avec nos partenaires : le “laisser-faire” n’est pas la seule relation commerciale possible.

Le protectionnisme (au sens de protection des acquis collectifs, des activités utiles et des biens communs menacés, dont la “protection sociale”) est une condition nécessaire, mais non suffisante, pour échapper à ce perpétuel dumping et remettre l’histoire dans le bon sens. Il n’est qu’un moyen, pas une fin. Il peut évidemment servir au pire (le repli identitaire) comme au meilleur (l'émancipation). Aussi convient-il d'énoncer systématiquement les buts poursuivis : progrès social, justice fiscale, exigence environnementale.

Les outils possibles sont multiples : taxes aux frontières et barrières douanières, quotas d'importation, taxes kilométriques, normes sanitaires, sociales et environnementales, etc. C'est "la libre circulation des capitaux et des marchandises à l'échelle de la planète" qui constitue une utopie, folle, démiurgique, entraînant aujourd'hui des océans de souffrances.

ACTIONS IMMÉDIATES

A – Prendre quelques mesures phares, symboliques, pour des produits ou secteurs identifiés où les ouvriers, les paysans, les employés sont soumis à une concurrence "déloyale" (les productions fruitières, la lingerie entre autres exemples), quitte à se heurter à la Commission européenne et à l'OMC (Organisation mondiale du commerce). Par exemple, il faut interdire l'importation de graines et tourteaux de soja transgénique du fait des risques pour la santé, et mettre des taxes élevées sur toutes les importations de graines et tourteaux de soja non transgénique, afin de retrouver une plus grande autonomie protéique, de fertiliser les sols grâce à la production de légumineuses (en substitution au soja), d'éviter l'importation de gaz naturel pour la fabrication d'engrais azotés (coûteuse en énergies fossiles) et les émissions de protoxyde d'azote lors de l'épandage de ces engrais, grand facteur de réchauffement climatique.

B – Dénoncer toutes les négociations en cours du CETA, du TAFTA et des accords de partenariat économique (APE) avec les pays du Sud et y mettre fin, comme cela a été fait en 1998 avec l'AMI (accord multilatéral sur l'investissement).

C – Rechercher des alliés, à l'intérieur de l'Europe et en dehors, dans les gouvernements mais aussi dans les syndicats, les associations, qui dénoncent la folie de ce "libre-échange" ; soumettre à référendum la résiliation d'un traité déjà signé pour que le gouvernement reçoive un mandat afin d'entamer les négociations en position de force.

REPRENDRE EN MAIN LA FINANCE

Geneviève Azam, Thomas Coutrot, Gaël Giraud,
Dominique Plihon et Cécile Renouard

CONSTAT

Notre société et la nature sont passées sous l'emprise de la finance. Cette domination s'exerce par des acteurs (investisseurs, banquiers) dont le poids politique est devenu considérable, imposant une logique de rentabilité financière à court terme, source d'inégalités et de ruine de la planète. Leurs armes sont la prédation, le contournement des règles, la spéculation et l'évasion fiscale.

Les principales dimensions de notre vie économique, sociale et culturelle – production, consommation, logement – sont dominées par cette logique mortifère. Le pouvoir de la finance s'exerce par le chantage à la délocalisation du capital, les pressions sur les acteurs endettés privés et publics, la collusion entre lobbies et autorités publiques supposées défendre l'intérêt général, ou la capacité à transformer les biens communs en biens économiques privés.

Ce capitalisme financiarisé et mondialisé, aujourd'hui au bord de l'effondrement, détruit les institutions sociales et politiques protectrices des sociétés et de la planète. Il remet en cause la démocratie et les droits fondamentaux, et relègue au rang de marchandises le travail et la nature. Il doit être combattu sans concession.

CAP À PRENDRE

Les acteurs de la société doivent d'urgence s'organiser afin de mettre la finance au service de l'intérêt général et arrêter le financement d'activités économiques destructrices de l'emploi et du climat. La priorité doit être donnée au financement de projets locaux et globaux permettant de réorienter et relocaliser les activités, de créer des emplois et de promouvoir un développement soutenable, juste et démocratique. Toutes les formes d'actions démocratiques et non violentes doivent être mises en œuvre pour créer un rapport de force en faveur des "99 %", l'immense majorité opposée à l'oligarchie, et orienter les investissements vers la transition écologique et la cohésion sociale.

Cette rupture avec l'ordre financier existant emprunte trois chemins complémentaires :

– désarmer les marchés en réintroduisant une régulation publique forte ;

– favoriser la mise en place d'un contrôle social sur les acteurs de la finance par une remise en cause du pouvoir des actionnaires ;

– enfin, multiplier les expériences de finance alternative pour montrer que celles-ci peuvent être mises en œuvre dès maintenant.

ACTIONS IMMÉDIATES

A – Reprendre le contrôle de la dette : restaurer la souveraineté de l'État sur sa dette face aux marchés financiers par une restructuration de celle-ci sur la base d'audits publics et citoyens, par une fiscalité réformée et par un refinancement de la Banque centrale européenne (BCE).

B – Justice fiscale : instaurer une fiscalité progressive sur les détenteurs des hauts revenus et du capital financier, s'attaquer à la concurrence fiscale à l'échelle européenne et internationale, sanctionner l'évasion fiscale des personnes physiques et morales ayant le statut de résidents.

C – Lutte contre la spéculation : mettre en place une taxe sur l'ensemble des transactions financières pour dissuader la spéculation, interdire le trading à haute fréquence et tous les instruments financiers (notamment les produits dérivés) qui alimentent la spéculation, mettre fin à l'activité des acteurs dont l'objet est la spéculation (fonds spéculatifs, fonds vautours).

D – Des banques au service de la société : imposer à nouveau une séparation stricte des banques de détail et des banques d'investissement, instaurer un contrôle social sur les banques, favoriser la création de banques locales et d'une grande banque publique de développement nécessaires au financement de la transition sociale et écologique.

E – Faire de la monnaie un bien public : créer les conditions du développement des monnaies locales complémentaires et d'une refondation de l'euro, notamment par une mise sous contrôle démocratique de la BCE.

LES MODES DE VIE

Énergies – Villes – Territoires – Logement – Production – Pollution – Santé environnementale

LA TRANSITION ÉNERGÉTIQUE EST UNE CHANCE

Anne Bringault, Marc Jedliczka
et Thierry Salomon

CONSTAT

Toutes les études le prouvent : les émissions de gaz à effet de serre liées à notre consommation effrénée d'énergies fossiles (pétrole, gaz et charbon) provoquent une élévation de la température moyenne du globe à une vitesse jamais observée dans l'histoire de l'humanité.

Dans le même temps, les gaspillages d'énergie sont colossaux, estimés à plus de 60 % de la consommation mondiale.

La France, contrairement au discours officiel, est loin d'être irréprochable. Le transport des personnes et des marchandises, par exemple, dépend à 98 % des produits pétroliers.

Quant au nucléaire, qui produit près de 80 % de notre électricité, il n'est pas une réponse acceptable : hypercentralisé, de plus en plus cher, il comporte des risques aux conséquences incalculables et produit des déchets hautement toxiques dont nos descendants subiront l'héritage durant des millénaires.

CAP À PRENDRE

Sans modification radicale à court terme de notre système énergétique, des bouleversements climatiques et géopolitiques aux effets dramatiques sont inéluctables.

Nous n'avons pas le choix : il faut réduire aussi rapidement que possible nos émissions de gaz à effet de serre, laisser dans le sous-sol plus de 80 % des réserves fossiles (charbon, pétrole, gaz), et adapter nos lieux et modes de vie à la nouvelle donne climatique.

La priorité doit aller aux économies d'énergie : grâce à la sobriété et à l'efficacité, nous pouvons diviser par 2 à 3 notre consommation.

Il nous faut rompre en même temps avec les énergies du passé, tant fossiles que nucléaire, pour entrer résolument dans l'ère du “100 % énergies renouvelables”. Cet objectif est désormais accessible grâce aux progrès décisifs des technologies solaires, éoliennes, hydrauliques et marines, mais aussi aux bioénergies (bois, biogaz, biodéchets). La France a la chance de disposer de toutes ces sources d'énergie : sachons les utiliser tout en respectant des critères de soutenabilité, notamment pour la biodiversité, autre pilier essentiel de la vie sur Terre.

Pour y parvenir, il faut mesurer – on gaspille le plus souvent par ignorance –, sensibiliser et informer, mettre en place des outils de participation, réorienter la recherche vers les filières de demain, former massivement aux nouveaux métiers et faciliter les transitions professionnelles. Enfin, un effort particulier de solidarité doit garantir à tous l'accès aux services énergétiques de base : se chauffer, s'éclairer, se déplacer. La lutte contre la précarité aussi est un objectif majeur de la transition énergétique !

ACTIONS IMMÉDIATES

A – Quantifier et adopter un scénario énergétique pour 2050

Fixer pour tous les usages de l'énergie (chaleur, électricité et mobilité) des objectifs de long terme (la boussole), définir une trajectoire cohérente (la feuille de route) et s'y tenir (le suivi).

B – Éliminer toutes les consommations inutiles

Rénover 750 000 logements par an au niveau basse consommation, en mettant en place une obligation sélective de rénovation, en particulier pour les ménages précaires, accompagnée d'aides techniques et financières.

Aligner la réglementation concernant les appareils, les équipements et les véhicules sur les meilleures technologies disponibles, puis la faire appliquer et contrôler par des organismes indépendants.

C – Sortir totalement du nucléaire et du fossile pour aller vers les 100 % d'énergies renouvelables

Engager un désinvestissement complet, rapide et programmé de toutes les sources d'énergies polluantes et épuisables qui nous mettent sous dépendance : pétrole, charbon, gaz fossile et uranium.

Fermer les centrales nucléaires au plus tard à quarante ans d'activité et ne pas en construire de nouvelles.

Atteindre 100 % d'énergies renouvelables pour tous les usages en 2050, ce qui implique d'inverser la logique actuelle : l'utilisation des énergies renouvelables doit devenir la règle commune, et non l'exception.

D – Conjuguer développement des territoires, solidarité et planification énergétique

Faire des territoires les pivots de la transition énergétique en commençant par leur redonner la gouvernance des réseaux d'électricité, de gaz et de chaleur.

Libérer les initiatives, l'autonomie et la participation des citoyens, des collectivités et des entreprises, en particulier en favorisant l'investissement local dans la maîtrise et la production d'énergie.

Sensibiliser, informer, accompagner et former tous les acteurs à travers la mise en place d'un service public local de la transition énergétique.

E – Réorienter la fiscalité sur l'énergie de manière juste et efficace

Transférer une partie de la fiscalité existante vers une contribution assise pour chaque filière sur la consommation d'énergie primaire non renouvelable, sur l'efficacité "du berceau à la tombe" (c'est-à-dire à toutes les étapes de la vie d'un produit, de sa naissance à la fin de sa vie) et sur les impacts environnementaux et sanitaires.

(RE)CRÉER UN URBANISME DE CONVIVIALITÉ

Alexandre Bouton, Dominique Gauzin-Müller,
Frank Hovorka et Thierry Salomon

CONSTAT

Nos villes et nos territoires sont l'ossature de notre société. La qualité de notre quotidien, de notre bien-vivre-ensemble découle directement de la manière dont nous concevons et organisons ces espaces. Or nous construisons des barrières au lieu de tisser des liens et nous introduisons de la fragmentation et de l'individualisme là où il faudrait fluidité et échanges.

Aujourd'hui, l'artificialisation des sols ampute les espaces naturels et agricoles de la surface d'un département tous les sept ans. Les habitants des centres urbains ne sont plus nourris par les cultures en proche périphérie. Le zonage entre habitat, travail, loisirs et commerces impose l'usage contraint de la voiture individuelle. Des bâtiments et des grands équipements sous-employés, voire inutiles, gaspillent de précieuses ressources en espaces, matériaux et énergies.

Cet urbanisme conformiste, dicté par la facilité et des réglementations souvent contradictoires, privilégie la rentabilité et le court terme, disloquant peu à peu l'intégrité sociale. Nos villes et territoires deviennent ainsi source de conflits et de mal-être, alors qu'ils devraient être des lieux d'expression du possible et du désirable.

CAP À PRENDRE

(Re)créer un urbanisme de convivialité implique de redéfinir le vivre-ensemble autour de nouvelles solidarités, de retrouver le sens de l'urbanité et de la mutualisation, en réduisant le plus possible les nuisances sur l'environnement et la santé.

Ce changement de paradigme commence par remettre en question des modèles hérités du siècle passé par l'intégration d'une triple diversité : diversité sociale et culturelle des habitants, réel rempart contre la stigmatisation et l'exclusion ; diversité biologique par la végétalisation d'espaces publics et de toitures, et par la création de jardins et potagers collectifs ; enfin, diversité des usages et des services : ainsi tout projet urbain devrait offrir les services essentiels (médecin, pharmacie, garderie, écoles, poste) dans un rayon de quelques minutes à pied ou en transport doux.

Pour vivre des jours heureux au sein de nos villes et territoires, nous devons les enrichir d'initiatives citoyennes, d'intelligence collective et de solidarité. Nous devons les ménager au lieu de les a-ménager.

ACTIONS IMMÉDIATES

A – Impératif d'écoconditionnalité

Toute opération urbaine, en neuf ou en rénovation, ne doit être possible qu'aux conditions suivantes :

– existence, ou création avec un financement sécurisé, de modes de transport alternatifs, rapides et interconnectés ;

– interdiction de tout nouveau projet sur des espaces à forte valeur de biodiversité ;

– concertation avec les habitants et les riverains très en amont des opérations, par un processus de choix dynamique autour de plusieurs projets alternatifs, dont l'évaluation des impacts doit être quantifiée et qualifiée ;

– compensation de l'artificialisation des terrains par la création de surfaces avec des fonctions d'agrément (parcs publics), de renforcement de la biodiversité (mares, haies) ou de production alimentaire (maraîchage périurbain en circuits courts) ;

– conception bioclimatique (matériaux biosourcés ou géosourcés, "droit au soleil hivernal", contribution à la création d'îlots de fraîcheur, intégration de continuités écologiques, renforcement de la porosité hydraulique) ;

– interdiction de toute construction en périphérie tant que l'impossibilité de le faire en centre-ville n'a pas été prouvée.

B – Neutralité des impacts
Tout aménagement urbain et toute construction doivent tendre vers un bilan net zéro énergie primaire non renouvelable, zéro émission de gaz à effet de serre, zéro déchet toxique.

Cet objectif est d'ores et déjà à notre portée comme en témoignent en Europe de nombreux projets initiés par des autorités locales ou par les citoyens eux-mêmes.

C – Mobilité apaisée et mutualisée
S'affranchir de la colonisation de la ville par les voitures exige :

– de généraliser des zones de circulation qui évoluent avec l'usage ;

– de renforcer le transport collectif et l'autopartage tout en donnant la priorité au développement de véhicules conçus pour la ville (léger, de taille réduite, quasi-zéro pollution) ;

– d'effectuer une rapide mutation vers des véhicules hybrides électrique et gaz d'origine renouvelable (non fossile) pour les déplacements interurbains de personnes, les utilitaires et les poids lourds.

D – Adapter la fiscalité à la vérité des coûts
Refondre la fiscalité sur le foncier et le bâti afin de faire porter les surcoûts induits par l'étalement urbain par les structures d'aménagement et de développement, et encourager ainsi la mixité sociale et fonctionnelle.

À l'échelle d'un bâtiment, d'un îlot ou d'une rue, encourager à la fraternité comme socle du vivre-ensemble en liant des budgets participatifs et des réductions fiscales à l'intégration des personnes fragilisées.

EN FINIR AVEC LE MAL-LOGEMENT

Sandrine Buresi et Bertrand Lapostolet

CONSTAT

Peut-on encore parler de simple “crise” du logement ? Facteur de mal-vivre et d’inégalités, le mal-logement s’aggrave en France de façon massive et diffuse.

En dix ans, le nombre de personnes sans domicile a augmenté de 50 %. En 2016, près de 4 millions sont mal logées, 1 sur 6 est en situation de fragilité par rapport à son logement.

Si la qualité des habitations s’améliore, la flambée des prix de l’immobilier rend l’accès au logement de plus en plus difficile. Les dépenses contraintes (loyer ou mensualités d’accession, charges d’énergie et d’eau) se sont envolées : plus de 5 millions de ménages sont en précarité énergétique.

Ce mal-logement coûte cher, sur un plan humain, économique et environnemental. Il frappe les plus exclus et fait basculer dans la précarité ceux dont les revenus sont simplement modestes.

Comment dès lors relever l'immense défi de la transition écologique, agir sur l'emploi, sur l'éducation, sur la santé sans traitement efficace et durable du logement ? Comment simplement penser à l'avenir, si chacun ne se sent pas à l'abri ?

Sans politique du logement digne de ce nom, aucun projet de société des Jours heureux ne pourra se construire.

CAP À PRENDRE

Aider les plus aisés en espérant que les effets positifs "ruisselleront" ensuite sur les plus modestes est une illusion : l'intervention publique sur le logement doit cibler avant tout l'investissement en direction des plus fragiles.

Ce n'est pas qu'un impératif social : une telle politique génère en cascade de multiples effets positifs. Ainsi, la réhabilitation énergétique et écologique des logements permet de réduire le mal-logement, de redonner du pouvoir d'achat par la baisse des charges, de créer des emplois locaux durables dans les PME du bâtiment, de réaliser des économies sur les dépenses de santé grâce à des logements assainis et d'avoir un moindre impact environnemental par l'emploi de matériaux écologiques et la baisse des consommations d'eau et d'énergie.

Aux côtés du logement social, le parc privé doit aussi remplir son rôle. Il faut aller au bout de l'encadrement des loyers dans les secteurs tendus et faire revenir le “capital dormant” des investisseurs institutionnels : les banques et assurances détenaient en France un million de logements au début des années 1990 avec un effet stabilisateur important sur le marché locatif, elles en détiennent aujourd’hui moins de 100 000 !

Enfin, accéder à la propriété avec l’espoir souvent illusoire d’un enrichissement individuel ou alimenter la rente foncière en versant à vie un loyer… : n’a-t-on vraiment pas d’autre choix ? Des alternatives existent qui doivent être soutenues et développées.

ACTIONS IMMÉDIATES

A – Priorité à l’urgence sociale avec maîtrise des charges
La priorité portera sur les plus démunis. Tout soutien public sera assorti d’une contrepartie de maîtrise des coûts pour les habitants : prix de vente, conventionnement du loyer, actions de réduction des consommations d’eau et d’énergie.

B – Réhabilitation massive de l’existant privé
Produire du logement, c’est bien sûr construire, mais aussi réhabiliter, transformer le bâti existant. La grande majorité des logements indignes et des “passoires thermiques” se situent dans le parc privé, ce qui implique :

– de coupler l’indispensable obligation de rénover à des mécanismes financiers incitatifs mêlant subvention et prêt, modulables en fonction des ressources ;

– de penser globalement la réhabilitation lors des acquisitions ou mutations en prenant en compte les investissements nécessaires pour produire des logements de qualité permettant une juste valorisation du bien.

C – Transparence de la politique publique du logement
La politique publique du logement devra faire l'objet d'arbitrages transparents entre l'État et les collectivités, avec une répartition équitable et solidaire de l'effort de production des capacités d'hébergement et de logement social entre les territoires.

D – Développement des modes alternatifs d'habiter
Les modes alternatifs d'habiter seront fortement soutenus, tels le démembrement de propriété (emphytéose, bail à réhabilitation), l'habitat coopératif ou la cohabitation intergénérationnelle permettant le maintien des personnes âgées à domicile.

E – Le droit au logement dans la Constitution
Parce qu'il n'est pas une marchandise comme les autres, le logement ne peut dépendre d'un marché spéculatif avec injonction à la collectivité d'en réparer les excès. Le droit au logement est un droit fondamental. Il sera à ce titre inscrit dans la Constitution.

VERS L'ÉCONOMIE CIRCULAIRE ET LE ZÉRO DÉCHET

Serge Orru et Thierry Salomon

CONSTAT

En moins de deux siècles, nous aurons réussi à brûler les molécules d'une matière première exceptionnelle, le pétrole, que la nature a mis 200 millions d'années à lentement fabriquer. Nous extrayons du sous-sol toujours plus de métaux et de terres rares non substituables, employés sans souci du recyclage et avec des pertes considérables. Surutilisées, les réserves mondiales d'eau potable s'amenuisent, sources polluées des conflits de demain.

Au Sud, à Madagascar, à Bornéo, en Amazonie, mais aussi au Nord avec les sables bitumineux de l'Alberta, des territoires entiers deviennent des "zones de sacrifices" destinées à alimenter en matières premières le Minotaure du productivisme.

Notre croissance, ce mantra illusoire, est fondée sur cette surexploitation de ressources et son cortège de pollutions le plus souvent irréversibles. Ce que nous avons cru être du "développement" a outrepassé ses limites. Ces destructions s'amplifient d'année en année, épuisant et asphyxiant les sols, les réserves d'eau et l'atmosphère de notre biosphère, ce mince filet abritant toute vie sur Terre.

Et nous n'avons pas de planète de rechange.

CAP À PRENDRE

Il nous faut stopper cette fuite en avant irresponsable et suicidaire.

Avant tout, il convient de nous interroger sur notre surconsommation de biens matériels et de ressources. Avons-nous réellement besoin d'autant d'espaces artificialisés, d'extraire toutes ces matières premières, d'autant de biens et d'équipements ? Cette fièvre consommatrice nous rend-elle plus heureux, ou bien, comme toute addiction, insatisfaits, frustrés et finalement plus dépendants ?

Nous devons tout d'abord réapprendre la mesure face à la démesure, la sobriété choisie plutôt que l'illusoire ébriété, opter pour la décroissance des biens inutiles et renoncer à l'accumulation sans limites. Ce n'est pas qu'une question de comportement individuel : le choix de la sobriété s'exprime aussi dans l'organisation de nos sociétés et de nos modes de vie, dans les politiques d'aménagement, dans le juste dimensionnement et le co-usage des biens.

Il faut ensuite que chaque produit ou équipement, chaque processus ou service fasse l'objet d'une écoconception pour :

– faciliter la mutualisation et le partage ;

– intégrer la flexibilité des usages (le réemploi et la réutilisation) ;

– favoriser l'usage du bien et non sa propriété (l'économie de fonctionnalité) ;

– limiter l'obsolescence (la réparabilité, la standardisation) ;

– optimiser les possibilités de recyclage ;

– valoriser enfin de façon efficace les déchets (séparation des composants le plus en amont possible).

ACTIONS IMMÉDIATES

A – Ne plus financer les entreprises extractives

Arrêt progressif mais total, sur dix ans, de toutes les subventions et les aides fiscales aux entreprises extrayant des matières premières non renouvelables, tant en France qu'à l'export.

B – Produire par écoconception en matériaux biosourcés

– soutenir la recherche-développement visant à remplacer les matières premières par des matériaux d'origine biologique (biosourcés) ;

– consolider ces nouvelles filières par des mesures réglementaires visant à accroître le pourcentage de ces matériaux (ossature-bois, isolants naturels, produits de substitution de la pétrochimie et carbochimie) ;

– afficher le contenu en matériaux biosourcés de tous les biens, objets et équipements.

C – Promouvoir l'économie circulaire

Promouvoir une écologie industrielle et territoriale mettant en pratique le principe de l'économie circulaire où les déchets des uns sont la matière première des autres, le cycle de vie de chaque produit allant du "berceau au berceau".

D – Objectif zéro déchet, zéro gaspillage

– généraliser les consignes des emballages, notamment du verre ;

– instaurer une fiscalité sur les déchets réellement incitatrice de comportements vertueux.

E – La France, exemplaire et motrice

– soutenir le renforcement des circulaires européennes sur les déchets ;

– lancer une initiative visant à un accord planétaire pour limiter l'extractivisme, s'appuyant sur des travaux scientifiques indépendants à l'instar, pour le climat, du GIEC (Groupe d'experts intergouvernemental sur l'évolution du climat) ou, pour la biodiversité, de l'IPBES (Plateforme intergouvernementale scientifique et politique sur la biodiversité et les services écosystémiques).

POUR UNE VÉRITABLE POLITIQUE DE SANTÉ ENVIRONNEMENTALE

Étienne Cendrier, Nicolas Defarge,
Roland Desbordes, Marie Grosman,
Didier Lambert, Roger Lenglet, Pierre Le Ruz,
Philippe Perrin, Gilles-Éric Séralini et Joël Spiroux

CONSTAT

Les conquêtes sociales, l'hygiène microbienne, la chirurgie, l'alimentation ont fait progresser la durée de vie au cours du XXe siècle. Mais à présent l'espérance de vie en bonne santé stagne ou recule. Les maladies chroniques (cancers, allergies, maladies neurologiques, hormonales, respiratoires) se développent tandis qu'augmentent les malformations néonatales et que la fertilité diminue.

Les rejets des industries chimiques (pesticides, résidus d'OGM ou de médicaments, plastiques, nanomatériaux) et nucléaires (qui effectuent légalement des rejets classés cancérigènes et mutagènes) font pénétrer ces produits xénobiotiques ("étrangers à la vie") dans le cycle de l'air, de l'eau, de la vie, dans nos cerveaux, nos seins, nos testicules, nos poumons. Les éléments radioactifs et les rayonnements électromagnétiques traversent de plus en plus nos organismes et des métaux lourds s'y accumulent notamment par le biais de produits dits "de santé".

Faute de transparence et de tests à long terme, les normes toxicologiques réglementaires ne protègent ni la population ni les écosystèmes. Les conflits d'intérêts à l'origine de cet échec de notre système de protection sanitaire minent toute notre démocratie. Les catastrophes sanitaires qui en résultent obéissent dès lors à un scénario classique :

– une molécule, un produit est lancé sur le marché sans étude d'impact sanitaire suffisante ;

– des normes officielles sont élaborées sous l'influence de l'industrie ;

– des scientifiques indépendants, des associations alertent sur les risques ;

– l'industriel s'appuie sur des chercheurs qu'il finance ;

– les autorités publiques justifient leur inaction par l'absence de consensus ;

– face aux perspectives de procès, les assureurs augmentent leurs prix ou cessent de couvrir les risques ;

– … et les pathologies aux origines mal identifiées se multiplient, touchent toutes les familles et menacent à terme l'existence même de notre système de santé.

CAP À PRENDRE

Nous ne devons plus utiliser les corps humains et l'écosystème comme des poubelles. Nous ne devons plus considérer l'environnement comme infini, les ressources comme illimitées et les déchets comme tous assimilables par la planète.

Un changement de cap, allant de pair avec une prise conscience, est indispensable.

Les évaluations des produits physicochimiques doivent être fondées sur la complète transparence des tests toxicologiques réalisés par les entreprises ou les évaluateurs publics. Les tests nouveaux doivent toujours être réalisés aux frais des fabricants, non par eux-mêmes mais par appels d'offres auprès de laboratoires publics. La prise en compte des effets des polluants ainsi que leur accumulation dans les organismes, leurs actions cocktails et leurs effets à long terme doivent être effectifs dès leurs plus faibles doses.

Les études médicales et paramédicales doivent comporter un enseignement des causes environnementales des pathologies, et le principe pollueur-payeur s'appliquer pour intégrer dans le prix des produits les coûts des soins pour les pathologies engendrées et les indemnités aux victimes. L'industrie nucléaire elle-même ne doit pas faire exception et doit avoir l'obligation de souscrire une assurance responsabilité civile afin d'indemniser la population en cas d'accident majeur.

Des registres épidémiologiques doivent être mis en place sur tout le territoire afin de mieux comprendre les expositions aux facteurs de risques et leur nature selon des normes de diagnostic fixées en toute transparence avec un contrôle citoyen.

Enfin, le principe de précaution doit être appliqué en cas d'alerte par une action résolue sur les facteurs de risques.

ACTIONS IMMÉDIATES

A – Élaboration d'une loi *"santé-environnement"* basée sur un principe qui met le citoyen au cœur des décisions de santé publique, et sur trois piliers : *transparence* des tests toxicologiques et des processus de décision, application du principe de précaution par la *prise en compte des alertes* scientifiques et *indépendance* de l'expertise publique.

B – Renforcement des décrets de l'arsenal législatif existant afin de favoriser les expertises scientifiques transparentes.

C – Création d'un corps d'experts indépendants et d'une spécialité universitaire en "santé environnementale", intégrée dans la formation initiale et continue des professionnels de santé.

D – Dotation de moyens supplémentaires aux laboratoires publics afin qu'ils puissent mener les études d'impact sanitaire, contrôler celles des industriels et apporter leur expertise aux agences sanitaires : ANSM (Agence nationale de sécurité du médicament et des produits de santé), ANSES (Agence nationale de sécurité sanitaire de l'alimentation, de l'environnement et du travail).

E – Affirmation du rôle central des citoyens dans l'élaboration et le suivi des décisions publiques, par la mise en place de conférences citoyennes et par l'intégration, dans toute organisation ou commission, d'associations citoyennes et de lanceurs d'alerte engagés dans les actions de prévention.

LE BIEN-ÊTRE

Alimentation – Agriculture – Agroécologie – Santé – Méditation – Pêche – Herboristerie

POUR QU'ALIMENTATION ET DÉVELOPPEMENT SOUTENABLE FASSENT SENS

Jean-Pierre Blanc, Laurent Chevallier,
Charles Kloboukoff, Lylian Le Goff,
Maria Pelletier, Didier Perréol et Denis Riché

CONSTAT

Les grands fléaux de santé publique sont en constante aggravation ces vingt-cinq dernières années. Surpoids, diabète, cancers (les hormono-dépendants ont quintuplé), maladies cardiovasculaires, mais aussi maladies neurodégénératives, allergies, réduction de la fertilité altèrent notre existence en bonne santé et réduisent notre espérance de vie. Les causes sont connues : outre une excessive sédentarité, 80 % des pathologies sont liées à une alimentation trop raffinée, carnée, grasse, sucrée et salée, trop pauvre en végétaux pourvoyeurs de nutriments protecteurs (fibres, antioxydants, acides gras insaturés…), ainsi qu'à une pollution délétère par des pesticides, des perturbateurs endocriniens, des additifs de synthèse, des traces d'antibiotiques, etc.

L'excès de production et de consommation de protéines animales et le maintien dans la marginalité des produits issus de l'agriculture biologique ont conduit à une telle situation.

Par ailleurs, plusieurs enquêtes nutritionnelles – dont la plus récente, NutriNet-Santé, toujours en cours – prouvent l'intérêt des produits bio, reconnus "bénéfiques pour la santé" pour leur richesse en nutriments protecteurs par rapport aux produits conventionnels.

CAP À PRENDRE

Quitte à contrarier de puissants intérêts qui formatent notre société devenue insoutenable, il faut mettre en œuvre une éducation sanitaire et alimentaire intégrée à la santé environnementale et au développement durable :

– dès l'école : éducation à l'équilibre alimentaire, au goût et à la saisonnalité des produits ;

– par des formations initiales et continues de tous les métiers et milieux concernés : médicaux et paramédicaux, agriculture et agro-industrie, industrie chimique, restauration collective, cursus universitaires et grandes écoles.

Sachant que ce sont les organismes en pleine croissance qui sont les plus sévèrement affectés par les effets de la pollution et d'une alimentation conventionnelle déséquilibrée, les femmes enceintes et les restaurants scolaires doivent être approvisionnés d'ici à 2020 en produits bio, de terroir et accessibles à toutes les bourses.

Il faut en parallèle développer résolument une agriculture paysanne inspirée de l'agroécologie

– dont l'agriculture biologique est le plus bel exemple –, fortement créatrice d'emploi.

Ainsi seront traités conjointement nombre de dommages sanitaires, environnementaux et socio-économiques, dont l'un des plus dramatiques est la désespérance du milieu agricole sous l'emprise du productivisme qui se traduit par une moyenne de 1 à 2 suicides par jour.

ACTIONS IMMÉDIATES

A – Mettre en œuvre une campagne publique d'éducation à une alimentation saine et équilibrée, riche de saveurs, tendant vers une consommation à parts égales entre protéines animales (viandes, poissons, œufs et produits laitiers) et végétales (légumineuses et céréales non ou peu raffinées, riches en fibres et nutriments protecteurs).

B – Parallèlement, mettre en œuvre un "plan restauration collective de qualité", comportant des aides financières au bio et aux circuits courts, grâce à une meilleure répartition des aides agricoles. Une partie de celles-ci doit dorénavant aller aux restaurations collectives offrant un débouché économique aux productions locales de qualité, afin que le surcoût de la qualité en restauration scolaire ne soit pas supporté par les parents d'élèves – un surcoût qui n'est qu'éventuel, car consommer davantage de protéines d'origines végétales très abordables pour réduire des protéines animales onéreuses réalise une économie permettant de consommer des aliments de qualité pour le même budget, comme la démonstration en a été faite depuis une vingtaine d'années.

C – Stipuler, dans les cahiers des charges des restaurations collectives, l'achat de produits biologiques et de proximité – particulièrement pour les établissements scolaires – sans que le surcoût éventuel soit supporté par les consommateurs.

POUR L'AGROÉCOLOGIE PAYSANNE

Matthieu Calame, Philippe Desbrosses,
Marc Dufumier, Guy Kastler,
Philippe Pointereau et Aurélie Trouvé

CONSTAT

L'industrialisation de l'agriculture n'a atteint son objectif d'augmentation massive des récoltes qu'au prix d'une détérioration de la qualité nutritionnelle des aliments et d'une pression accrue sur les ressources naturelles (énergies, eau, sols).

Il en résulte une forte augmentation de la consommation d'énergies fossiles, un recours massif aux pesticides chimiques et la diminution équivalente du nombre d'actifs agricoles, l'uniformisation des paysages et des produits, l'érosion de la biodiversité et des connaissances associées. Les engrais azotés de synthèse, coûteux en énergies fossiles et très émetteurs de gaz à effet de serre, ont remplacé les cultures végétales riches en protéines qui fertilisent les sols par la voie biologique. Le pastoralisme, qui entretient les terres non cultivables et permet un transfert de fertilité vers les cultures, a été remplacé par des élevages hors sol polluants et dépendants du soja transgénique en provenance des Amériques.

Ce modèle industriel n'est pas durable, ni écologiquement, ni socialement, ni économiquement.

CAP À PRENDRE

L'agriculture doit, pour assurer la sécurité alimentaire, s'appuyer sur la biodiversité et l'amélioration de la capacité biologique des territoires. Les bonnes pratiques d'agroécologie paysanne existent. Elles substituent aux intrants manufacturés de la compétence et impliquent une population agricole nombreuse. Elles reposent sur la diversité et la complémentarité des productions au sein d'un territoire par l'association de plantes, entre productions animales et végétales ou grâce à l'agroforesterie.

L'objectif est un triplement en dix ans des actifs agricoles. Un plan protéines appuiera la culture de légumineuses dans nos assolements pour les alimentations humaine et animale. Les éléments de biodiversité (animaux, végétaux, micro-organismes du sol, écosystèmes, climats) seront considérés comme des partenaires et non comme des ressources privatisables. L'accès à ces éléments sera conditionné au respect de leur intégrité, de leur renouvellement et des droits collectifs d'usage des communautés rurales qui les gèrent et les conservent.

ACTIONS IMMÉDIATES

A – Une politique publique de maîtrise des volumes et de régulation des marchés protégera l'écoulement local des productions et le revenu du travail paysan par la rémunération des services environnementaux et de la qualité biologique des productions. Les subventions aux productions destinées aux exportations, qui ruinent les paysans des pays pauvres, seront supprimées.

B – Chaque territoire élaborera un plan "Paysages de l'après-pétrole" (plan PAP) basé sur la protection et la valorisation des ressources locales en fonction des besoins des populations. Les résidus de récolte seront recyclés et l'élevage sera redéployé vers les terres pastorales, sans dépasser les capacités de chaque territoire à nourrir les animaux qui y sont élevés et à valoriser leurs déjections par un transfert local de fertilité vers les terres cultivées. L'élevage industriel sera supprimé, et des ceintures agroécologiques périurbaines seront créées, dédiées à un approvisionnement de proximité et de qualité.

C – Des formations auprès d'agriculteurs en agroécologie paysanne, un accès facilité au microcrédit et une politique foncière (taxe à 100 % des plus-values foncières) pilotée par les collectivités locales permettront des installations massives hors du cadre familial.

D – La gestion de la biodiversité s'appuiera sur :

– la reconnaissance des sélections paysannes de semences, d'animaux d'élevage et de micro-organismes associés aux préparations naturelles (tel, par exemple, le purin d'orties) ;

– la suppression de toute forme de propriété intellectuelle sur le vivant.

E – Une fiscalité agroécologique financera la généralisation de l'agroécologie paysanne aux différents échelons territoriaux, de la commune jusqu'à l'Europe. Elle sera prélevée sur les facteurs de production exogènes polluants (pesticides…) et à économiser (terre, énergie, eau), sans pénaliser les revenus du travail.

SORTIR DU PRODUCTIVISME DE LA PÊCHE FRANÇAISE

Frédéric Le Manach et Claire Nouvian

CONSTAT

À la fin de la Seconde Guerre mondiale, sous l'emprise du mythe d'une manne océanique inépuisable, l'État décide de faire de la pêche française un secteur industriel performant et moderne par le biais d'une politique de subventions à la construction de navires. C'est ainsi qu'au nom du productivisme, et malgré les nombreuses voix s'élevant déjà contre le chalutage de fond, cette méthode de pêche est privilégiée par les décideurs publics.

Commence alors une destruction à grande échelle de l'environnement marin, un immense gâchis d'espèces, une gabegie de gasoil et une déstructuration inexorable des emplois dans la pêche. Ce choix technologique supposé efficace se révèle en quelques décennies incompatible avec le rythme biologique des espèces et la santé socioéconomique du secteur.

Les poissons font l'objet d'une classique "tragédie des communs" et la réforme récente de la politique commune de la pêche apparaît comme une rustine face à l'ampleur des dégâts : aujourd'hui, seuls 10 % des stocks de poissons européens sont pêchés durablement et le nombre d'emplois dans la pêche en France a été divisé par trois depuis 1990 seulement. Les subventions ne servent désormais qu'à acheter la paix sociale selon les fluctuations de la grogne et des cours du gasoil. Seuls gagnants : une poignée d'industriels et la grande distribution qui achète à vil prix le volume dont elle a besoin pour faire tourner son modèle.

CAP À PRENDRE

Sans reconnaissance officielle par les autorités de l'échec radical des politiques publiques à l'égard du secteur de la pêche, il est impossible d'atteindre un équilibre humain et environnemental satisfaisant.

La priorité absolue doit être le maintien des emplois. Or, en épuisant le capital naturel sur lequel l'activité de pêche repose, il est impossible d'éviter l'hémorragie humaine. Restaurer la santé de l'environnement marin est la seule façon de restaurer les équilibres socioéconomiques des territoires.

La France s'est engagée à mettre fin aux méthodes de pêche destructrices et aux subventions néfastes à la biodiversité en souscrivant aux objectifs de développement durable des Nations unies. Cependant la volonté politique fait défaut et l'opacité dans le secteur de la pêche règne encore en maître. La transparence des données, notamment sur les subventions, est pourtant une condition *sine qua non* pour établir un constat objectif de la situation et une feuille de route de la politique publique à mettre en œuvre. Alors que la France préside depuis septembre 2016 pour un an l'initiative "Partenariat pour un gouvernement ouvert", cette transparence devient incontournable.

ACTIONS IMMÉDIATES

A – L'État et les collectivités territoriales doivent impérativement communiquer, en toute transparence et chaque année, les montants des subventions allouées au secteur de la pêche.

B – Les processus d'allocation de quotas doivent :

– être réformés pour devenir transparents et accessibles à la supervision de la société civile ;

– prendre en compte des critères écologiques et socioéconomiques.

C – Les pêcheurs artisans sont confrontés à une concurrence déloyale d'engins et navires de pêche semi-industriels et industriels. Protéger les emplois et le savoir-faire artisan passe impérativement par la *mise en place d'un usage exclusif de la bande côtière des 20 milles nautiques par les pêcheurs artisans.*

D – La définition française de la pêche artisanale (bateaux de moins de 25 mètres avec armateur embarqué) doit *s'aligner sur l'acceptation internationale du "pêcheur artisanal"*, c'est-à-dire un patron embarqué sur un bateau de moins de 15 mètres utilisant des engins "dormants" (ayant un impact moindre sur l'environnement).

E – Une expérimentation de terrain pluridisciplinaire devrait être déployée pour *évaluer les impacts des engins "dormants", la restauration écologique du milieu en l'absence d'engins traînants et la performance socioéconomique des différentes méthodes de pêche.*

RECONNAÎTRE LE MÉTIER D'HERBORISTE

Pierre Lieutaghi, Isabelle Robard
et Thierry Thévenin

CONSTAT

De tout temps, des hommes et des femmes ont su reconnaître, cueillir, préparer les plantes médicinales pour soulager les maladies, remédier aux aléas de la vie quotidienne, soutenir leur vitalité et préserver la santé de la population.

Ainsi, depuis des siècles, les paysans herboristes ont pu proposer leurs "simples" sur les foires et les marchés. L'herboristerie officielle a existé de 1803 à la suppression du diplôme d'herboriste en 1941. Elle fut rayée d'un trait de plume dans le cadre de la "modernisation de la pharmacie française" qui fut en fait l'officialisation de son industrialisation et de sa financiarisation. La loi du 11 septembre 1941 a ainsi permis l'entrée des financiers dans le capital des entreprises pharmaceutiques, chose jusqu'alors interdite.

La santé-business a depuis largement montré ses limites et ses dérives. Les plantes médicinales suscitent à nouveau un intérêt grandissant : il faut recréer un métier renouvelé, sûr et indépendant, allant de la plante jusqu'au consommateur.

CAP À PRENDRE

L'herboriste, qu'il produise lui-même ou non ses plantes, doit être à même de les identifier afin d'éviter tout risque de confusion, d'évaluer la qualité écologique des lieux où elles poussent, de choisir des techniques optimales afin de ne pas menacer la pérennité de la ressource. Il doit savoir les préparer afin d'en faire des produits sûrs et consommables. Il doit connaître parfaitement les différentes formes de préparation des plantes médicinales aujourd'hui largement proposées au consommateur (tisanes, hydrolats, huiles essentielles, baumes et macérations). Il aura donc un rôle d'accompagnement et de conseil pour éclairer la population en matière de consommation de plantes médicinales.

Ce métier doit être aujourd'hui mieux reconnu et légalement encadré.

ACTIONS IMMÉDIATES

A – Préciser dans la loi le métier d'herboriste
L'herboriste est un professionnel du bien-être, l'acteur d'une prévention responsable. Il peut récolter et transformer les plantes médicinales dans le

respect des règles de sécurité, d'hygiène et de protection de l'environnement. Il assure la vente et le conseil des plantes médicinales dans le respect de ces mêmes règles, en particulier au regard des risques liés à leur utilisation. Il doit être capable de mettre en garde ses clients vis-à-vis des limites de l'automédication et les encourager si nécessaire à consulter un médecin, car il n'établit jamais de diagnostic. Il a un rôle d'éducation et de prévention à l'hygiène de vie en matière de consommation de plantes médicinales.

Toute personne munie du diplôme d'herboriste pourra produire, vendre et conseiller pour usage médicinal toutes les plantes, parties de plantes, mélanges de plantes fraîches ou sèches à l'exception des plantes vénéneuses (décret du 5 février 2007 relatif aux substances vénéneuses) et des plantes à risque figurant sur la liste B de la pharmacopée française (article D. 4211-12 du Code de la santé publique). L'herboriste pourra exercer son activité à la ferme, dans une boutique, sur un marché, par le biais de la vente par correspondance. Il pourra garantir l'authenticité botanique, la qualité, la traçabilité des plantes qu'il vend et/ou produit. Il sera capable de sensibiliser le consommateur à la question de la préservation des ressources si ce dernier lui réclame des espèces rares ou protégées.

B – Qualifier la formation des herboristes

L'herboriste suivra un enseignement initial et continu et sera placé sous la tutelle d'une autorité indépendante qui réunira équitablement des représentants de l'ensemble de la filière. Le diplôme d'herboriste sera délivré par un établissement de formation agréé. Le programme sera défini par décret en Conseil d'État après élaboration par un groupe de travail composé de l'ensemble des acteurs de la filière.

RENFORCER LA PRATIQUE DE LA MÉDITATION

Matthieu Ricard

CONSTAT

Dans plusieurs pays (États-Unis, Royaume-Uni, Pays-Bas, pays scandinaves notamment), et d'une manière purement laïque, de nombreuses écoles ont inscrit la méditation à leur programme (10 minutes par jour, par exemple, en début de journée) dès les classes maternelles. Ces programmes ont engendré une nette amélioration de l'attention, de l'intelligence émotionnelle et des comportements prosociaux, ainsi qu'une diminution des conflits et des discriminations ethniques, sociales et religieuses. Le succès en France de plusieurs ouvrages mettant en lumière de tels programmes confirme l'intérêt que portent parents, enfants et éducateurs à ces interventions. Plusieurs initiatives ont été lancées, à Toulouse et ailleurs, et ont suscité un vif enthousiasme parmi les élèves.

Dans les services de santé, de nombreux travaux ont montré l'intérêt de la méditation de pleine conscience pour les soignants (médecins, infirmières, étudiants) en termes de résistance au stress, de capacités d'écoute et de discernement quant au diagnostic des pathologies complexes. Plusieurs diplômes universitaires centrés sur la méditation thérapeutique sont aujourd'hui proposés aux soignants, notamment à Strasbourg et Paris.

CAP À PRENDRE

Faisant fi des préjugés et habitudes, il est temps de prendre la mesure des vingt dernières années de recherche dans des domaines aussi variés que la psychologie, les neurosciences, les sciences sociales et la pédagogie, pour ne plus hésiter à introduire dans les milieux scolaires et hospitaliers, ainsi que dans les services sociaux, des interventions spécifiques liées à l'entraînement de l'esprit (qui est le sens véritable de la méditation), avec une conception ouverte et tolérante de la laïcité.

ACTIONS IMMÉDIATES

A – Les instances de l'Éducation nationale doivent prendre l'initiative, en relation avec les spécialistes concernés, d'introduire des curriculums de méditation sur la présence attentive et la bienveillance dans les écoles. Le Kindness Curriculum développé par le neuroscientifique Richard Davidson à Madison aux États-Unis et la Values-based Education développée depuis vingt ans au Royaume-Uni par Neil Hawkes (présente maintenant dans 10 % des écoles anglaises) sont deux types d'interventions efficaces qui pourraient être prises comme modèles.

B – De même, le ministère de la Santé devrait introduire dans le cursus médical des interventions, fondées sur la méditation de "pleine conscience bienveillante", destinées à amener le potentiel de bienveillance des soignants à son point optimal, en tant que remède au burn-out et à l'épuisement émotionnel. Le programme ReSource développé par l'équipe de Tania Singer au vu des recherches menées à l'Institut Max-Planck semble particulièrement approprié.

LES SAVOIRS

Éducation – Culture – Recherche participative – Éthique – Sciences – Indicateurs de bien-être

PRIORITÉ À UNE ÉCOLE DE LA VIE

Isabelle Pelloux et Antonella Verdiani

CONSTAT

En primaire et en maternelle sont créées de plus en plus d'écoles hors contrat, répondant à une inquiétude grandissante des parents qui ne trouvent pas dans le système classique les réponses à leurs besoins de lien, de sens et de confiance pour l'éducation de leurs enfants.

Au collège, les adolescents se plaignent souvent de s'ennuyer, d'apprendre des leçons sans en comprendre le sens, juste pour avoir des notes. Le taux de décrochage est en constante augmentation.

La violence scolaire est très importante : violences entre les personnes, violences de la compétition, violences sociales, manque de formation des personnels, apprentissages uniquement basés sur l'accumulation de savoirs. Les démissions et burn-out du personnel de l'Éducation nationale sont en augmentation importante, souffrant d'une hiérarchie pesante et déshumanisée, victime d'un sentiment d'abandon.

Le corps humain et la dimension du rapport à la terre sont souvent inexistants. Or l'école doit être en lien avec le vivant.

CAP À PRENDRE

Les pédagogies dites "alternatives" ont prouvé leur efficacité, et les neurosciences mettent à jour le fait que la psychologie et les pédagogies nouvelles avaient découvert de façon empirique les mécanismes de la construction de la personnalité dans la relation et les apprentissages. Ces pédagogies doivent être intégrées et enseignées dans l'Éducation nationale afin que chaque enseignant puisse s'en inspirer et devenir "spécialiste en pédagogie".

L'enseignant doit pour cela être suffisamment formé pour être spécialiste en pédagogie et reconnu professionnel dans sa responsabilité d'enseignant et d'éducateur. Il a besoin de travailler avec des collègues ayant choisi le même type de projet pédagogique afin de l'appliquer en cohérence.

Parents et enseignants sont coéducateurs des mêmes enfants, ils doivent se former et coopérer.

Enfin, l'école fait partie de la vie. Il est donc indispensable d'y aborder l'homme dépendant de la nature et les apprentissages passant par le corps.

ACTIONS IMMÉDIATES

A – Le métier d'enseignant a de multiples facettes (didactique, pédagogique, psychologique, relationnelle, éducative), ce qui nécessite une *formation de base riche et variée, incluant toutes les pédagogies afin que chacun s'en inspire*. Cette formation doit se faire en alternance et en tutorat. Les futurs enseignants pourront ainsi apprendre leur métier en observant et en aidant des enseignants déjà experts.

B – Les pédagogies dites alternatives doivent devenir des pédagogies reconnues et accessibles à tous. Le terme "alternatif" n'aura alors plus lieu d'être puisque la liberté pédagogique sera reconnue.

C – Les enfants les plus en difficulté d'apprentissage doivent être sous la responsabilité d'enseignants experts.

D – L'apprentissage de la citoyenneté doit passer par une formation continue en communication afin d'utiliser dans les établissements scolaires des méthodes basées sur le respect mutuel et le refus de la violence physique. Cette formation (de type communication non violente, médiation entre pairs, écoute active ou autre) doit être accessible aux familles afin de partager une culture commune.

E – Chaque école doit proposer des activités artistiques et manuelles permettant une vision globale de la construction de la personne : le corps, les mains, des activités concrètes participent d'une compréhension plus holistique du monde dans lequel les enfants sont amenés à grandir. Le lien à la nature est incontournable, les apprentissages liés à la terre doivent permettre de développer la capacité d'assurer ses besoins fondamentaux de pair avec la conscience de l'intérêt de protéger son environnement puisqu'on en est dépendant.

SE RASSEMBLER GRÂCE À LA CULTURE

Jean-Gabriel Carasso, Robin Renucci et Emmanuel Wallon

CONSTAT

Le projet de démocratisation culturelle mis en œuvre depuis la Libération a permis de réels progrès, malgré ses limites. Il est aujourd'hui compromis par les logiques marchandes : les œuvres deviennent des produits, les usagers des clients, les statistiques se substituent aux objectifs d'émancipation. Alors que certains se disputent le "temps de cerveau disponible", l'économie et la communication dictent de plus en plus les politiques publiques. Le service public s'en trouve dévoyé, malgré les nombreux espaces de résistance.

Rêvée hier rassembleuse, la culture est aujourd'hui en éclats. Artistes et publics se dispersent en champs, genres, langages ; le "sensible" se divise entre territoires, catégories, générations et origines diverses. À ces mutations s'ajoutent les bouleversements liés aux nouvelles technologies, à la numérisation des données et à la globalisation des échanges, y compris symboliques.

Alors comment concilier le désir d'épanouissement individuel et le besoin de "faire culture commune" ?

Une nouvelle étape des politiques de la culture s'impose.

CAP À PRENDRE

Trois orientations se dégagent en priorité.

D'abord, promouvoir l'éducation par l'art, multiplier les "expériences esthétiques" à tous les âges et niveaux de formation. Dès l'enfance, la découverte du monde et de soi-même à travers la sensibilité, l'émotion, le jeu et la représentation est un élément essentiel de la construction individuelle et collective. Le programme du CNR (Conseil national de la Résistance), en 1944, espérait déjà "la possibilité effective pour tous les enfants français de bénéficier de l'instruction et d'accéder à la culture la plus développée…". Malgré les avancées constatées, un long chemin reste à parcourir.

Ensuite, renforcer le soutien à la création artistique, dans son indépendance et sa diversité. La création est par essence insoumise et incertaine ; il faut l'encourager pour qu'elle n'obéisse pas aux seules lois du marché. Formation, recherche, création, diffusion, médiation… : ces éléments constituent un service public de la culture à préserver, rénover et développer, au-delà de quelques institutions prestigieuses.

Enfin, favoriser la plus large participation à la vie culturelle demeure l'enjeu démocratique majeur. La "culture" n'est pas qu'une matière consommable à laquelle il suffirait d'"avoir accès", ni un secteur économique qui se contenterait de vendre des biens : elle est une attitude par rapport au monde, visant à la production de valeurs, d'idées, de langages. Encore faut-il pouvoir la vivre pleinement, de manière intime et partagée.

ACTIONS IMMÉDIATES

A – Pour l'éducation artistique :

– inscrire enfin dans les programmes, les espaces et les temps scolaires la réalisation de projets artistiques menés conjointement par des enseignants et des artistes ;

– développer la formation des différents acteurs, dans les écoles supérieures du professorat et de l'éducation, les écoles d'art, les formations des administrateurs et médiateurs, l'éducation populaire ;

– mobiliser les crédits nécessaires pour rendre effectif le "parcours artistique et culturel" inscrit dans la loi de refondation de l'école.

B – Pour la création artistique :

– compléter le principe de la liberté de création inscrit dans la loi du 7 juillet 2016 par des garanties de diversité dans la diffusion des œuvres ;

– élargir le domaine public de la culture et étendre le champ de la commande publique à l'aménagement urbain

– encourager le partage des outils de création ;

– consolider le soutien à la formation et à l'emploi permanent et intermittent.

C – Pour la participation des citoyens :

– favoriser les expériences de travail artistique avec les populations, les pratiques des amateurs et leur collaboration avec les professionnels ;

– ajouter aux critères de qualité artistique ceux de la pertinence sociale et culturelle, évalués de façon collégiale.

PROMOUVOIR LA RECHERCHE PARTICIPATIVE

François Veillerette et Christian Vélot

CONSTAT

La recherche et l'innovation sont aujourd'hui essentiellement pilotées par des intérêts industriels à court terme. Or, la science et les technologies entraînent de profondes transformations sociales, politiques, éthiques et juridiques qui exigent une régulation démocratique. Un fossé s'est creusé entre les citoyens et les scientifiques, lesquels n'inspirent plus la confiance mais la méfiance. Comment pourrait-il en être autrement après les grands désastres sanitaires et environnementaux des dernières années (amiante, PCB, farines animales, catastrophes nucléaires, etc.) ? Retisser les liens entre scientifiques, décideurs politiques et citoyens implique :

– d'intégrer, très en amont, dans les politiques publiques de recherche les enjeux sociétaux de la science ainsi que les outils de son orientation démocratique ;

– d'ouvrir aux organisations de la société civile les capacités d'élaboration des connaissances scientifiques et d'expertise. Comment concevoir, par exemple, le développement d'un projet de recherche agricole sans interagir étroitement avec ceux qui ont inventé l'agriculture, et qui ne sont pas les chercheurs ni même les agronomes mais les paysans ?

CAP À PRENDRE

La recherche participative, qui repose sur un partenariat équilibré et une coconstruction du savoir entre chercheurs institutionnels et organisations de la société civile ou groupes de citoyens, fait partie intégrante de ce processus de démocratisation de la science. À l'image du programme canadien ARUC (Alliances de recherche universités-communautés), quelques programmes de recherche participative ont vu le jour en France au niveau régional. Il faut les généraliser aux niveaux national et européen.

Une révision du crédit d'impôt recherche (CIR), très inefficace, permettrait largement le financement de tels programmes. Censé favoriser l'emploi scientifique et l'investissement des entreprises dans la recherche, le CIR est en effet une niche fiscale massivement utilisée à d'autres fins par les plus grandes entreprises. Par exemple, le géant pharmaceutique Sanofi a supprimé 2 000 emplois dans son secteur de recherche-développement ces dernières années, alors qu'il bénéficie depuis 2008 de 125 à 130 millions d'euros par an d'abattements fiscaux au titre du CIR. Une étude de l'association Sciences en marche estime à 6 milliards d'euros le montant du détournement à l'échelle du pays entre 2007 et 2012, soit 40 % du montant du CIR.

ACTIONS IMMÉDIATES

A – Redéployer la partie du CIR dédiée aux grandes entreprises vers des programmes de recherche participative et vers une expertise transparente et contradictoire des technologies et de leurs produits.

B – Ouvrir la science à la société civile dans le domaine de l'expertise. La part de plus en plus importante laissée à l'industrie dans les programmes de recherche conduit inévitablement à de graves dérives, et notamment à une carence et une opacité des évaluations sanitaire et environnementale. Le temps que demandent ces évaluations n'est en effet pas compatible avec l'urgence des brevets et des profits, et la protection industrielle justifie l'absence de communication des données brutes sur les risques.

C – Donner à la recherche publique les moyens nécessaires, sans qu'elle ait à faire appel aux fonds privés, avec une participation effective des citoyens dans la définition des priorités.

D – Sur la base des recommandations faites par l'association Sciences citoyennes :

– intégrer des programmes de recherche participative dans tous les programmes régionaux et nationaux de recherche et d'innovation ;

– créer et reconnaître des critères d'évaluation pour les chercheurs engagés dans des projets de recherche participative ;

– soutenir la mobilité professionnelle des chercheurs vers des organisations de la société civile à but non lucratif.

SUBORDONNER LES TECHNOSCIENCES À L'ÉTHIQUE

Geneviève Azam, Dominique Bourg
et Jacques Testart

CONSTAT

L'actuelle crise de civilisation est le résultat d'une réduction de l'histoire humaine à un processus d'expansion par la transformation et l'accaparement de la nature, et par la transformation du travail en ressource à mobiliser et exploiter. Cette histoire est désormais radicalement perturbée par le choc des limites matérielles à la croissance illimitée.

Au lieu de mettre en cause les fondements d'une telle situation et de formuler des propositions politiques capables de faire face à ces défis, les vannes sont ouvertes pour ne voir dans ces catastrophes qu'une insuffisance humaine ou la tyrannie d'une nature toujours mal maîtrisée. Ainsi, la technoscience permettrait d'augmenter et d'améliorer les capacités humaines pour piloter la Terre ou la reconstruire grâce à des machines et techniques "intelligentes" et de s'adresser à des experts chargés de relayer une humanité jugée défaillante et désorientée.

Dès lors que les techniques seraient disponibles, rien ne pourrait rationnellement s'opposer à la commande et au contrôle de la planète par la géo-ingénierie pour "sauver le climat", à la fusion des machines et des organismes vivants par la bio-ingénierie pour "sauver la biodiversité et le vivant", à "l'augmentation des humains" par la sélection ou la manipulation technique et génétique visant à développer leur efficacité et leur capacité d'adaptation à un monde artificiel.

Les travaux de recherche privilégient l'innovation technique ; ils sont de plus en plus réalisés sous contrat, sans que les objectifs prioritaires soient démocratiquement justifiés, et pour des finalités inspirées par la course à la puissance et la concurrence commerciale. Des firmes géantes organisent par ailleurs le déni et le doute quant aux avancées scientifiques, pourtant solidement établies : c'est le cas en particulier pour les recherches sur le climat. Enfin, le principe de précaution, avec toutes ses limites, est une des cibles des négociations commerciales actuelles – TAFTA (TransAtlantic Free Trade Agreement) et CETA (Comprehensive Economic and Trade Agreement).

CAP À PRENDRE

Nombre de scientifiques sont devenus des lanceurs d'alerte – qu'il faut protéger par la loi – contre les agressions d'une technoscience dont le but n'est pas de produire des connaissances mais de fournir des moyens d'intervention sur le monde grâce à la recherche finalisée, "pilotée par l'aval". Alors que la recherche de nouveaux savoirs honore l'espèce humaine, celle de nouveaux savoir-faire sous l'égide des marchés et d'une accélération des projets prométhéens engage la responsabilité des scientifiques. Les conséquences sur les humains, les sociétés et la nature sont telles qu'elles nécessitent le contrôle par la société.

Depuis plusieurs décennies, des mouvements sociaux se sont emparés de ces questions et ont acquis une véritable expertise, mêlant connaissances scientifiques et expériences sur le terrain. Ils ont aussi montré que la réponse aux défis sociaux et écologiques ne passait pas essentiellement par les hautes technologies (high-tech), mais bien par des basses technologies (low-tech) décentralisées, conviviales, moins coûteuses en énergie et en matières, et appropriables.

ACTIONS IMMÉDIATES

Les propositions sont inspirées de deux principes : "tout ce qui peut être techniquement réalisé ne doit pas être obligatoirement réalisé" et "les lobbies sont exclus des choix scientifiques et politiques".

A – Soumettre régulièrement au Parlement l'avis d'une convention de citoyens sur les grandes priorités proposées par les acteurs de la recherche finalisée.

B – Créer une Haute Autorité de l'alerte et de l'expertise et protéger les lanceurs d'alerte.

C – Introduire des procédures véritablement participatives à tous les niveaux de la technoscience.

D – Exclure du champ des brevets le vivant et les savoirs.

E – Soutenir les expériences sociales mettant en œuvre des "low-tech".

POUR D'AUTRES INDICATEURS DE RICHESSES

Jean Gadrey, Marie-Monique Robin et Patrick Viveret

CONSTAT

En dépit de leurs limites de plus en plus reconnues, y compris en 2008-2009 par la commission internationale présidée par Joseph Stiglitz, les deux indicateurs qui restent le plus présents dans les débats politiques, publics, et dans les médias, sont le PIB (produit intérieur brut) et la croissance de ce PIB ou croissance économique. Pourtant, selon une formule du sénateur Robert Kennedy en 1968, "le PIB mesure tout, sauf ce qui fait que la vie vaut d'être vécue" !

Cet indicateur purement économique et monétaire est indifférent aux destructions de l'environnement, à la santé sociale, aux inégalités et à la pauvreté, à toutes les activités bénévoles et domestiques "gratuites" mais pourtant pourvoyeuses de richesses essentielles. Il peut croître aussi bien du fait d'activités économiques nuisibles que par l'expansion d'activités d'une forte utilité collective. Il ne tient aucun compte de l'état des patrimoines de société, dont les patrimoines naturels. Pour ces raisons et d'autres, la croissance ne peut plus être considérée comme la solution à tous les problèmes, mais comme l'un des plus sérieux problèmes freinant l'émergence de solutions…

CAP À PRENDRE

Depuis deux à trois décennies, des indicateurs alternatifs sont sur la table, élaborés selon les cas par des institutions officielles, des chercheurs, ou par des ONG et collectifs de citoyens. Ces indicateurs ne sauraient mettre en chiffres "tout ce qui compte", car bien des domaines d'une bonne vie sont et doivent rester hors de la quantification. Mais au moins faut-il "compter ce qui compte", qui ne relève pas du toujours plus, mais du mieux : entre autres, l'état des inégalités et de l'exclusion dans plusieurs domaines, de la bonne santé humaine et sociale, de l'environnement. Il faut en priorité des indicateurs liés à des finalités humaines, sociales et écologiques.

Mais, s'agissant de telles finalités, qui est légitime pour les définir, puis pour choisir les indicateurs appropriés en veillant à ce que les citoyens puissent se les approprier ? L'exigence d'appropriation citoyenne est actuellement difficile à faire accepter par les "décideurs", mais la fermeté s'impose si l'on ne veut pas que le couple de l'expertocratie et de l'oligarchie confisque ces choix essentiels.

ACTIONS IMMÉDIATES

A – Définir les nouveaux indicateurs de richesses grâce à un processus participatif citoyen

Une loi a été votée par le Parlement le 13 avril 2015, mais le choix des indicateurs alternatifs ayant été confié à des institutions traditionnelles, les indicateurs retenus souffrent de biais et de limites. Cette loi prévoit notamment que "le Gouvernement remet annuellement au Parlement [...] un rapport présentant l'évolution de nouveaux indicateurs de richesse, tels que des indicateurs d'inégalités, de qualité de vie et de développement durable, ainsi qu'une évaluation [...] qualitative ou quantitative de l'impact des principales réformes engagées l'année précédente et l'année en cours et de celles envisagées pour l'année suivante, notamment dans le cadre des lois de finances, au regard de ces indicateurs".

Il faut impérativement compléter cette loi par la mention suivante : "Ce rapport doit faire l'objet d'un débat devant le Parlement. Le choix des indicateurs pertinents pour guider une transition écologique et sociale désirable doit être exemplaire sur le plan de la participation de la société civile (associations et ONG, syndicats, citoyens tirés au sort) et ne peut en aucun cas être confié à des instituts techniques ou à des organismes dépendant du Gouvernement."

B – Utiliser ces nouveaux indicateurs de richesses et non les indicateurs dominants

Il faut exiger l'usage effectif de ces indicateurs en lieu et place des indicateurs économiques dominants, pour évaluer *a priori* et *a posteriori* les projets, programmes et politiques publics et privés. Il ne servirait à rien de disposer d'indicateurs nouveaux pertinents s'ils ne sont pas utilisés comme de nouvelles boussoles pour l'action collective.

LES DROITS ET DEVOIRS

Égalité – Justice – Environnement – Paix – Migration – Désarmement – Écocide

ÉGALITÉ ENTRE LES FEMMES ET LES HOMMES

Nicole Gadrey et Dominique Méda

CONSTAT

Au cours des dernières décennies, la scolarisation des filles a continué sa progression. À tous les niveaux du système éducatif, les filles réussissent mieux que les garçons, mais les inégalités d'insertion et de carrières professionnelles subsistent.

Les taux d'activité et d'emploi des femmes restent inférieurs à ceux des hommes et la non-mixité de nombreux emplois reste la norme. Environ la moitié des actives appartiennent à la catégorie des employés et les deux tiers travaillent dans la santé, l'éducation, l'action sociale, l'administration et le commerce. Dans ces métiers et secteurs de service, elles sont exposées au temps partiel subi, à l'absence de reconnaissance de leurs compétences, aux bas salaires (80 % sont féminins) et à l'enfermement dans ces emplois considérés comme peu qualifiés. Et depuis le début des années 1990, le salaire annuel moyen des femmes reste inférieur d'environ 27 % à celui des hommes.

Le mode de participation des femmes au marché du travail, les caractéristiques des emplois qu'elles occupent, l'insuffisance du partage des tâches domestiques et familiales les exposent davantage que les hommes à des situations d'instabilité et de discontinuité qui engendrent la précarité.

CAP À PRENDRE

L'égalité entre femmes et hommes doit être l'un des biens communs qui permettra le "mieux-vivre" entre toutes et tous. Dans les politiques de réduction des inégalités, elle ne sera plus négligée, voire oubliée, mais elle sera considérée comme une des priorités pour changer de modèles économique et social : on constate par exemple que la mixité des effectifs n'a pas conduit à la véritable coéducation des deux sexes que souhaitait déjà Condorcet.

L'éducation à l'égalité permettra de lutter contre le sexisme banalisé qui imprègne aussi bien le monde économique que le monde politique, et qui contribue au maintien de la division sexuée des tâches dans la sphère privée. Elle conduira à redéfinir les caractéristiques de ce que devrait être un emploi décent, en termes de contrat, de temps et de conditions de travail, de reconnaissance des compétences, de validation des acquis de l'expérience et de salaire, pour éviter notamment les dérives du temps partiel qui se sont développées depuis la loi de 1981 et ont largement participé à l'augmentation de la précarité.

L'égalité entre femmes et hommes passe également par la mise en œuvre du principe "à travail de valeur égale, salaire égal" qui est inscrit dans la loi mais qui n'est pas appliqué dans la pratique, les compétences techniques restant beaucoup mieux rémunérées que les compétences relationnelles et de service.

ACTIONS IMMÉDIATES

A – L'éducation à l'égalité sera partie intégrante des programmes scolaires dès l'école maternelle. Elle intégrera la lutte contre les stéréotypes, favorisera la mixité, la diversification des choix scolaires et professionnels des filles et des garçons, comme l'ouverture des métiers et des carrières à toutes et à tous.

B – La loi de 2013 de "sécurisation de l'emploi" a interdit les contrats à temps partiel à moins de 24 heures hebdomadaires, mais avec de trop nombreuses exceptions. Et avec 24 heures par semaine payées au SMIC, on est nettement sous le seuil de pauvreté. Il faut donc aller plus loin afin d'*en finir avec le temps partiel subi, cause majeure d'inégalités entre les femmes et les hommes et de pauvreté salariale.*

C – Comme cela s'est fait au Québec, une commission nationale remettra à plat l'ensemble des grilles de classification des emplois pour aller vers l'égalité salariale entre hommes et femmes.

D – Les lois existantes sur l'égalité professionnelle en entreprise seront améliorées et effectivement appliquées sous le contrôle de l'inspection du Travail disposant des moyens humains nécessaires pour remplir cette mission.

PÉNALISER LES ATTEINTES À L'ENVIRONNEMENT ET À LA SANTÉ

Antonino Abrami
et Marie-Odile Bertella-Geoffroy

CONSTAT

Les affaires pénales de santé publique environnementale ont été initiées en France au cours des années 1990 avec l'affaire du sang contaminé et celle de l'hormone de croissance, les plaignants cherchant surtout à ce que cette mise en lumière de la vérité puisse prévenir de nouvelles catastrophes similaires.

D'autres affaires pénales ont suivi ces deux premiers dossiers. Les responsabilités pointées généralement par toutes ces plaintes sont celles soit de l'État lui-même qui, malgré sa connaissance du danger, n'a pas protégé la population (sida, Creutzfeld-Jakob, amiante, Tchernobyl, guerre du Golfe, Sahara et Mururoa, etc.), soit de multinationales (amiante encore, pollutions industrielles ou minières, etc.), soit aujourd'hui d'écomafias (dépôts sauvages d'amiante ou autres déchets toxiques, trafics en tous genres d'espèces animales, etc.).

Dans tous ces dossiers, et dans des affaires plus récentes comme le Médiator ou les prothèses mammaires, trois éléments sont toujours présents :

– des lanceurs d'alerte ne sont pas entendus ou les alertes ne sont pas transmises aux décisionnaires de santé ;

– les experts ne sont pas indépendants ou bien sont proches des industriels ou sous leur autorité ;

– les lobbies ont une action déterminante.

CAP À PRENDRE

Le droit à la vie et à un environnement sain est la valeur suprême dans l'échelle des droits de l'homme : un crime contre l'environnement et la santé est un crime contre l'humanité. Son atteinte doit être sanctionnée par la justice – et plus particulièrement par la justice pénale – afin de sanctionner les responsables et prévenir de futures catastrophes.

Le droit pénal est l'arme la plus forte et la plus dissuasive car il peut sanctionner toute action interdite par la loi, réparer les dommages causés et servir de prévention pour d'autres catastrophes. Or, si ce droit n'est pas utilisé, il devient un droit perdu.

Mais, le Parquet français, qui n'a pas initié ces affaires pénales, n'a pas la volonté de les faire aboutir à un procès public pénal. Rappelons qu'en France le Parquet est relié directement au politique par le ministère de la Justice. À cause de cette spécificité bien française, il n'est pas indépendant, et n'est donc pas le troisième pouvoir d'une vraie démocratie. Ce manque d'indépendance permet aux responsables, qui sont des industriels puissants, des administratifs de haut rang ou des politiques, d'éviter souvent les condamnations. Cela a été le cas pour les dossiers de l'amiante, dans laquelle la justice pénale n'a toujours pas été rendue, contrairement à ce qui s'est passé dans d'autres pays comme l'Italie. Mais la justice italienne est totalement indépendante de l'exécutif…

ACTIONS IMMÉDIATES

A – Modifier le Statut de Rome ayant institué la Cour pénale internationale par un ajout à l'article 7 d'un titre de compétence criminelle concernant les décès que l'on savait inéluctables par une exposition consciente à des risques mortels. Cette modification, qui doit être décidée par les États membres de cette cour, assurerait sa compétence pour ce type de catastrophes sanitaires.

B – Grâce à cet ajout, rendre responsables et coupables de leurs actions (ou de leurs inactions) ceux qui sont à l'origine de ces catastrophes touchant des victimes anonymes de la mal-consommation et des impératifs de profit.

C – Étendre l'action de groupe au domaine pénal de la santé publique au-delà de la responsabilité concernant les produits de santé.

ACCUEILLIR DIGNEMENT LES MIGRANTS

Olivier Clochard, Gus Massiah et Claire Rodier

CONSTAT

Un monde sans migrants est un monde irréel. Dites-nous quelle est la situation des migrants dans votre société et nous pourrons vous dire dans quelle société vous êtes…

Alors que les pays les plus développés (Australie, Canada, Corée du Sud, États-Unis d'Amérique, Japon, Nouvelle-Zélande et Union européenne) concentrent près de 73 % des richesses mondiales et permettent à leurs ressortissants, qui ne représentent que 17 % de la population mondiale, de circuler librement (la plupart du temps sans visa), les autres États dans le monde se partagent les miettes de la mondialisation. Dans ces États, guerres, crises économiques et/ou passages d'un régime dictatorial à un autre entraînent des exodes parfois massifs. Mais ces migrations ne se dirigent pas majoritairement vers les pays développés. En 2015, la Jordanie, le Liban et la Turquie accueillaient dix fois plus de réfugiés syriens que les 28 États membres de l'Union européenne qui ne cessent de verrouiller leurs frontières. Or les idéologies sécuritaires construisent l'intolérance et mettent en danger de nombreux migrants ainsi que les libertés et la démocratie.

Depuis 2000, plus de 30 000 migrants sont morts aux frontières de l'Union européenne. Sans nier les dangers qui guettent nos sociétés, l'instrumentalisation du terrorisme à des fins de renforcement des contrôles migratoires accroît le racisme et la xénophobie. De plus en plus de migrants peuplent les prisons, camps et centres de rétention administrative dans le monde, dans un apartheid planétaire qui menace toutes les sociétés humaines.

CAP À PRENDRE

En France comme ailleurs, "là où croît le danger, croît aussi ce qui sauve" (Friedrich Hölderlin). Pour le dire autrement, les interventions humanitaires à Calais, Paris ou dans les territoires d'outre-mer, voire aux frontières de l'Union européenne, ne cessent de colmater les dégâts de la montée des formes répressives du pouvoir qui s'attaquent aux étrangers. Et ces politiques ne frappent pas seulement les populations migrantes, elles fragilisent également les multiples actions d'hospitalité et d'entraide locale mises en place par des organisations et des élus, montrant que des alternatives sont possibles.

Les batailles à mener portent sur les valeurs, particulièrement sur l'égalité entre les femmes, les hommes et les enfants. La dignité des personnes que les États accueillent doit être le fondement de toute politique migratoire. Les migrants doivent être reconnus comme des acteurs de la transformation des sociétés de départ et d'accueil, voire des régions par lesquelles ils transitent ; le respect de leurs droits qui s'inscrit dans le cadre du respect des droits de tous doit être établi sur des principes d'égalité et non sur des questions d'ordre public.

ACTIONS IMMÉDIATES

A – Au vu des transferts de fonds envoyés par les migrants à leur famille, qui sont trois fois supérieurs à l'aide publique internationale au développement, les rapports entre migrations et développement doivent être réexaminés. Les accords économiques entre pays ne peuvent pas servir de chantage pour le contrôle des migrations.

B – La lutte contre toutes les formes de discrimination, de racisme et de xénophobie doit être au fondement des politiques publiques. La citoyenneté de résidence implique l'élargissement aux migrants du droit de vote aux élections locales.

C – Revendiquer, au nom du principe d'égalité, la liberté d'aller, de venir et de s'installer pour tous et pour toutes, constitue l'indispensable corollaire de la défense des droits des migrants, et demeure un outil de changement social au profit d'un modèle de société plus juste et plus équitable.

AGIR D'URGENCE POUR LE DÉSARMEMENT NUCLÉAIRE

Michel Drain et Paul Quilès

CONSTAT

"S'il n'y a pas eu de catastrophe nucléaire militaire depuis les années 50, ce n'est pas en raison de l'intelligence des responsables politiques mais grâce à la chance…" Si cette déclaration d'un dirigeant très informé est exacte, il est effrayant de penser que l'on a abandonné à la chance le sort de l'humanité et de sa planète.

Et c'est encore le cas aujourd'hui. Soixante et onze ans après les bombardements d'Hiroshima et de Nagasaki, le risque nucléaire n'a pas disparu et la dissuasion est l'un des principaux obstacles à l'instauration d'une paix durable.

Il existe actuellement plus de 16 000 armes nucléaires dans le monde. Des centaines d'entre elles sont déployées dans le cadre de procédures d'alerte qui permettent le déclenchement en quelques minutes de bombardements 10 à 30 fois plus dévastateurs que celui d'Hiroshima. Or on connaît aujourd'hui de nombreux exemples d'erreurs d'évaluation ou de défaillances techniques qui auraient pu conduire à un échange catastrophique de tirs nucléaires. Pendant toute la durée de la Guerre froide, ce risque de tir par erreur a pu être conjuré malgré des situations de grande tension. Mais nous ne vivons plus dans un monde bipolaire globalement stable : l'indétermination stratégique des "lignes rouges" des protagonistes nucléaires ne permet pas aujourd'hui d'exclure des affrontements directs.

Cette situation est d'autant plus dangereuse que la précision des armes nucléaires s'accroît. Les conditions sont dès lors préparées pour des batailles nucléaires aux conséquences humanitaires et écologiques catastrophiques.

CAP À PRENDRE

Les pays dotés de l'arme nucléaire proclament qu'elle seule est de nature à les protéger contre toute agression. Dès lors, comment s'étonner que d'autres cherchent à se doter de la même garantie, compte tenu de la diffusion croissante des savoir-faire nucléaires civils ? Le régime de non-prolifération est discriminatoire, puisque certains États ont accès à une arme interdite aux autres. Sa légitimité est donc fragile. Il ne pourra être maintenu que si l'obligation de désarmement qui incombe aux puissances nucléaires en vertu de l'article VI du traité de non-prolifération est respectée. Dans le cas contraire, la non-prolifération ne pourra reposer en dernière analyse que sur la force et la contrainte, perspective à long terme illusoire.

Certains experts estiment qu'on ne saurait "faire rentrer le génie nucléaire dans sa bouteille". Mais l'actuel régime de non-prolifération montre qu'il est techniquement possible d'interdire l'accès à l'arme nucléaire aux pays qui ne la détiennent pas. Le perfectionnement des mécanismes de vérification, l'interdiction de l'enrichissement national de l'uranium ou des règles contraignantes de transparence peuvent considérablement renforcer ce régime dès lors que sa légitimité politique est assurée. Les détenteurs de fait de l'arme nucléaire (Israël, Inde, Pakistan, Corée du Nord, etc.) le sont en raison de circonstances historiques particulières et parce qu'ils bénéficient de la tolérance d'une ou plusieurs grandes puissances. Si ces puissances faisaient le choix du désarmement, elles pourraient mettre un terme à cette tolérance.

C'est ainsi que l'on pourrait passer de la logique de dissuasion à une logique de sécurité collective, l'ensemble des États se coalisant pour maintenir et défendre, dans l'intérêt de l'humanité tout entière, les régimes d'interdiction de l'arme nucléaire et de toutes les armes de destruction massive.

ACTIONS IMMÉDIATES

A – Plutôt que de se lancer dans des programmes de modernisation extrêmement coûteux, les puissances nucléaires – dont au premier chef la France – doivent négocier des accords de maîtrise de leurs armements évitant des dépenses inutiles et renforçant leur sécurité commune.

B – Parallèlement, la France doit rejoindre la démarche déjà engagée par de nombreux États à l'ONU conduisant à un régime d'interdiction universel des armes nucléaires sous strict contrôle international. Le statut juridique de ces armes sera alors aligné sur celui des autres armes de destruction massive (chimiques et biologiques). La relance de cette "option zéro" est à présent devenue urgente. Elle peut être atteinte au terme d'un processus progressif de désarmement, concernant dans un premier temps l'interdiction complète des essais, l'interdiction de la production de matières fissiles à fins militaires, et l'extension des zones dénucléarisées, notamment au Moyen-Orient.

POUR DES DROITS DE LA TERRE ET DE L'HUMANITÉ

Dominique Bourg, Valérie Cabanes
et Émilie Gaillard

CONSTAT

Aujourd'hui, les droits humains fondamentaux sont menacés par une dégradation généralisée de notre environnement. L'écosystème Terre est ébranlé par le réchauffement climatique et l'érosion galopante de la biodiversité. L'usage des combustibles fossiles a modifié notre climat et le niveau des eaux. Les hydrocarbures ont envahi nos océans sous forme de plastiques, pollué notre air sous forme de particules et souillé des mers et des rivières sous forme de déversements sauvages. La technologie nucléaire démontre à chaque accident son potentiel meurtrier. La construction d'immenses barrages hydroélectriques perturbe les milieux les plus riches au détriment des populations qui y vivent. La quête de minerais pousse à creuser des plaies béantes dans la terre, à étêter des montagnes, à polluer des rivières, à exploiter des hommes…

Les conditions mêmes de la vie telle que nous la connaissons sont menacées. La France doit assumer sa part de responsabilité et prévenir tout acte pouvant accentuer ce processus collectif suicidaire.

CAP À PRENDRE

L'habitabilité de la Terre doit être garantie aux générations actuelles et futures. Menacer la sûreté de la planète devrait être reconnu comme un acte criminel qui porterait le nom d'écocide, signifiant étymologiquement "détruire la maison commune". Les principaux coupables du changement climatique et de la destruction de la biosphère sont connus. Il s'agit des maîtres d'œuvre de la mondialisation, de multinationales soutenues par des États et des banques qui s'opposent à tout accord international contraignant. La France doit définir un cadre législatif pour prévenir et stopper les activités menaçant la sûreté de la planète, menées par tout ressortissant en situation de responsabilité hiérarchique et/ou toute entité morale régie selon le droit français, quel que soit le lieu de leurs activités. La France doit promouvoir auprès de l'ONU la Déclaration universelle des droits de la Terre comme communauté de vie indivisible. La France doit aussi promouvoir auprès de l'ONU la Déclaration universelle des droits de l'humanité afin de reconnaître des droits aux générations futures. Enfin, elle doit résolument appuyer les récentes avancées de la Cour pénale internationale sur le crime d'écocide pour qu'il devienne le cinquième crime international contre la Paix.

ACTIONS IMMÉDIATES

A – Adopter la Déclaration universelle des droits de la Terre et l'inscrire dans la Constitution française, selon, entre autres, ces principes :

1. La Terre et tous les êtres qui la composent possèdent le droit de vivre et d'exister, le droit à la régénération de leurs capacités biologiques et à la bonne continuité de leurs cycles et processus vitaux.
2. Les êtres humains ont le devoir d'investir les institutions d'un pouvoir de défense des droits de la Terre, d'établir et de rendre effective l'application des normes et des lois pour la défense, la protection et la préservation des Droits de la Terre.

B – Adopter la Déclaration universelle des droits de l'humanité et l'inscrire dans la Constitution française, selon, entre autres, ces principes :

1. L'humanité inclut tous les individus et organisations humaines, et comprend à la fois les générations passées, présentes et futures.
2. La Terre, foyer de l'humanité, constitue un tout marqué par l'interdépendance. L'existence et l'avenir de l'humanité sont indissociables de son milieu naturel.
3. L'humanité a droit à la préservation des communs naturels, en particulier l'air, l'eau et le sol, et à l'accès universel et effectif aux ressources vitales. Les générations futures ont droit à leur transmission.

C – Inscrire le crime d'écocide dans le Code pénal français :

Article 1. Est coupable d'écocide toute personne en situation de responsabilité hiérarchique et/ou toute entité morale qui cause un dommage à tout ou partie de l'écosystème Terre d'une manière qui dépasse en soi les limites planétaires reconnues par les Nations unies ou qui dépasserait ces limites si elle était produite de façon répétitive, en masse, et au même rythme par toute l'humanité.

Article 2. Est coupable d'écocide toute personne en situation de responsabilité hiérarchique et/ou toute entité morale qui cause un dommage grave à tout ou partie du système des communs planétaires ou à des systèmes écologiques menaçant de ce fait la survie et le bien-être des générations présentes et futures.

La démocratie devrait assurer au plus faible les mêmes opportunités qu'au plus fort.

Gandhi[1]

La puissance jaillit parmi les hommes lorsqu'ils agissent ensemble, et retombe dès qu'ils se dispersent.

Hannah Arendt[2]

1. Gandhi, *Tous les hommes sont frères. Vie et pensées du Mahātmā Gandhi d'après ses œuvres*, traduit de l'anglais (Inde) par Guy Vogelweith, édition de Krishna Kripalani, préface d'Olivier Lacombe, introduction de Sarvepalli Radhakrishnan, Gallimard, Paris, 1969.
2. Hannah Arendt, *Condition de l'homme moderne*, traduit de l'anglais par Georges Fradier, Calmann-Lévy, Paris, 1994, p. 225.

Voilà !

Nous avons entre nos mains quelques pistes pour combler notre aspiration à un monde plus juste, plus solidaire, plus heureux.

Pour autant, nous sommes lucides : ce petit livre de résistance et de création n'est pas un ouvrage exhaustif et impartial. Nous le savons incomplet, et il emprunte à nos jugements.

Mais nous sommes confiants dans son potentiel à créer un élan citoyen, à faire bouger les lignes, à favoriser des convergences avec d'autres initiatives, notamment au travers de la plateforme participative en ligne dédiée.

C'est un livre d'auteurs reconnus, dont beaucoup expérimentent déjà les actions immédiates proposées et militent publiquement en leur faveur.

Nous tous – auteurs, lecteurs, acteurs – sommes des citoyens engagés colonisant les interstices laissés vacants par une politique publique où le court terme l'emporte sur un vrai projet sociétal. Nous n'attendons pas le grand soir. Mais la convergence et la coopération de ces poches de résistance et de création peut fracturer les monolithes en place.

Cette coopération, c'est un sursaut citoyen qui la provoquera. La transition ne sera réussie que quand nos propositions, complétées et enrichies par d'autres, deviendront une puissante force d'entraînement.

Commençons sans attendre. 120 actions immédiates irriguent ce livre. Leur mise en œuvre est possible. Dès 2017.

Et nous vivrons des jours heureux !

#LesJoursHeureux

- **Le site du livre et de #LesJoursHeureux : http://www.les-jours-heureux.org.**

- **Plateforme participative : http://2017agirensemble.fr.**

LES AUTEURS

Antonino Abrami, *ancien magistrat au tribunal de Venise*

Claude Alphandéry, *ancien résistant et président du Laboratoire de l'économie sociale et solidaire*

Geneviève Azam, *économiste et militante altermondialiste*

Marie-Hélène Bacqué, *professeure d'études urbaines et administratrice de Pas sans nous*

Vincent Beillard, *maire de Saillans et animateur*

Marie-Odile Bertella-Geoffroy, *avocate et engagée pour la création d'une Cour pénale internationale Santé et Environnement*

Jean-Pierre Blanc, *directeur général d'une grande entreprise alimentaire*

Djamel Blanchard, *militant associatif et coprésident de Pas sans nous*

Dominique Bourg, *philosophe et vice-président de la Fondation Nicolas Hulot*

Alexandre Bouton, *architecte et urbaniste engagé dans l'écologie territoriale*

Anne Bringault, *coordonnatrice des ONG sur la transition énergétique pour le CLER (Réseau pour la transition énergétique) et le RAC-France (Réseau Action Climat)*

Sandrine Buresi, *directrice de GEFOSAT, une association intervenant sur la précarité énergétique*

Valérie Cabanes, *juriste en droit international et porte-parole du mouvement citoyen End Ecocide on Earth*

Matthieu Calame, *ingénieur agronome et directeur de la Fondation pour le progrès de l'homme*

Jean-Gabriel Carasso, *écrivain, réalisateur et directeur d'une association de recherche sur les politiques culturelles*

Étienne Cendrier, *artiste, fondateur et porte-parole de l'association Robin des toits*

Fanny Charasse, *doctorante en sociologie et écrivain*

Laurent Chevallier, *médecin nutritionniste et auteur de nombreux ouvrages sur la médecine environnementale*

Olivier Clochard, *docteur en géographie et président du réseau euro-africain Migreurop*

Thomas Coutrot, *économiste et militant altermondialiste*

Nicolas Defarge, *docteur en biologie et membre du CRIIGEN (Comité de recherche et d'information indépendantes sur le génie génétique)*

Roland Desbordes, *scientifique et président de la CRIIRAD (Commission de recherche et d'information indépendantes sur la radioactivité)*

Philippe Desbrosses, *agriculteur, docteur en sciences de l'environnement et président d'Intelligence verte*

Camille Dorival, *journaliste et PDG de la SCOP Alternatives économiques*

Michel Drain, *membre du bureau de Justice et Paix France*

Marc Dufumier, *agronome contre la faim dans le monde*

François Ernenwein, *rédacteur en chef à* La Croix

Jean Gadrey, *économiste et militant altermondialiste*

Nicole Gadrey, *sociologue du travail et militante des droits des femmes*

Émilie Gaillard, *juriste, maître de conférences et experte au sein du mouvement citoyen End Ecocide on Earth*

Dominique Gauzin-Müller, *architecte et auteure de nombreux ouvrages sur l'architecture écoresponsable*

Gaël Giraud, *chef économiste à l'AFD (Association française de développement) et directeur de recherche au CNRS*

Marie Grosman, *biologiste et membre de l'association Non au mercure dentaire*

Jean-Claude Guillebaud, *journaliste, éditorialiste, écrivain et essayiste, lauréat du prix Albert-Londres*

Emmanuelle Heidsieck, *romancière et journaliste spécialiste de la protection sociale*

Christiane Hessel, *femme engagée qui a partagé les combats de son mari, Stéphane Hessel*

Frank Hovorka, *expert sur le bâtiment durable et la ville de demain*

Anne-Catherine Husson-Traoré, *directrice de Novethic et administratrice de Transparency International France*

Marc Jedliczka, *expert en énergies renouvelables, porte-parole de l'Association négaWatt et vice-président du CLER (Réseau pour la transition énergétique).*

Guy Kastler, *paysan retraité et membre fondateur du Réseau Semences paysannes*

Charles Kloboukoff, *président-fondateur d'une entreprise de produits biologiques et naturels*

Fabrice Lallement, *syndicaliste à la CGT métallurgie Isère et objecteur de croissance*

Camille Lambert, *citoyenne engagée au sein du MFRB (Mouvement français pour un revenu de base)*

Didier Lambert, *président d'E3M (Association d'entraide aux malades de myofasciite à macrophages)*

Bertrand Lapostolet, *responsable "logement d'insertion et précarité énergétique" à la Fondation Abbé Pierre*

Frédéric Lebaron, *sociologue et président de l'association Raisons d'agir*

Armel Le Coz, *cofondateur de Démocratie ouverte (Collectif de transition démocratique)*

Lylian Le Goff, *médecin et environnementaliste, écrivain, consultant et conférencier*

Frédéric Le Manach, *directeur scientifique de l'association BLOOM*

Roger Lenglet, *philosophe et journaliste d'investigation*

Corinne Lepage, *avocate, ancienne ministre de l'Environnement et fondatrice du CRIIGEN (Comité de recherche et d'information indépendantes sur le génie génétique)*

Pierre Le Ruz, *docteur en physiologie et cofondateur du CRIIREM (Centre de recherche et d'information indépendant sur les rayonnements électromagnétiques)*

Pierre Lieutaghi, *écrivain et ethnobotaniste*

Bénédicte Madelin, *professionnelle de la politique de la ville et militante de Pas sans nous*

Gus MASSIAH, *économiste et militant altermondialiste*
Mohamed MECHMACHE, *porte-parole d'ACLEFEU (Association Collectif liberté, égalité, fraternité, ensemble, unis) et président-fondateur de Pas sans nous*
Dominique MÉDA, *sociologue et philosophe*
Edgar MORIN, *écrivain, sociologue et philosophe*
Claire NOUVIAN, *fondatrice et présidente de l'association BLOOM*
Anne-Sophie NOVEL, *docteur en économie et journaliste*
Serge ORRU, *créateur du Festival du vent de Calvi et ancien directeur de WWF-France*
Maria PELLETIER, *PDG d'une meunerie biologique et présidente de Générations futures*
Isabelle PELLOUX, *professeure des écoles et fondatrice de l'école du Colibri*
Jean-Marie PERBOST, *journaliste et membre fondateur du Collectif Roosevelt*
Didier PERRÉOL, *PDG d'une entreprise d'aliments biologiques*
Philippe PERRIN, *infirmier et formateur en santé environnementale*
Edwy PLENEL, *journaliste, fondateur et directeur de Médiapart*
Dominique PLIHON, *économiste et militant altermondialiste*
Philippe POINTEREAU, *agronome et directeur du pôle agro-environnement de SOLAGRO*
Paul QUILÈS, *ancien ministre de la Défense et président d'Initiatives pour le désarmement nucléaire (IDN)*
Tristan RECHID, *co-initiateur de la liste collégiale et participative de Saillans*

Cécile RENOUARD, *philosophe et religieuse*
Robin RENUCCI, *comédien et directeur des Tréteaux de France*
Matthieu RICARD, *docteur en génétique, moine bouddhiste, écrivain et photographe*
Yvan RICHARD, *comédien, acteur de théâtre-forum et cofondateur du mouvement #LesJoursHeureux*
Denis RICHÉ, *nutritionniste et cofondateur de la revue* Sport et Vie
Martin RIEUSSEC-FOURNIER, *ostéopathe, cofondateur du mouvement Générations cobayes et du mouvement #LesJoursHeureux*
Isabelle ROBARD, *avocate en droit de la santé et docteur en droit*
Marie-Monique ROBIN, *journaliste d'investigation, réalisatrice et écrivaine*
Claire RODIER, *juriste au GISTI (Groupe d'information et de soutien des émigrés) et cofondatrice du réseau euro-africain Migreurop*
François RUFFIN, *"rédac'chef" du journal* Fakir
Thierry SALOMON, *ingénieur énergéticien, vice-président et porte-parole de l'Association négaWatt*
Gilles-Éric SÉRALINI, *professeur des universités et président du conseil scientifique du CRIIGEN (Comité de recherche et d'information indépendantes sur le génie génétique)*
Jo SPIEGEL, *maire de Kingersheim, acteur engagé de la démocratie locale*
Joël SPIROUX, *docteur en médecine et président du CRIIGEN (Comité de recherche et d'information indépendantes sur le génie génétique)*

Jacques TESTART, *biologiste et critique de sciences*
Thierry THÉVENIN, *herboriste, écrivain et porte-parole du syndicat Simples*
Anne-Marie THOMAZEAU, *journaliste et spécialiste des questions de protection sociale*
Léonora TRÉHEL, *militant du Mouvement mutualiste*
Nicky TREMBLAY, *directrice de l'association Dell'Arte à Toulouse et coprésidente de Pas sans nous*
Aurélie TROUVÉ, *économiste et militante altermondialiste*
Gilles VANDERPOOTEN, *journaliste, écrivain, directeur de l'association Reporters d'espoirs*
François VEILLERETTE, *enseignant, cofondateur et directeur de l'association Générations futures*
Christian VÉLOT, *docteur en biologie, généticien moléculaire, vice-président de l'association Sciences citoyennes*
Antonella VERDIANI, *docteur en sciences de l'éducation et fondatrice du Printemps de l'éducation (Mouvement pour un renouveau de l'éducation)*
Patrick VIVERET, *philosophe et essayiste altermondialiste*
Emmanuel WALLON, *professeur de sociologie politique et spécialiste des politiques culturelles*
Raymond ZAHARIA, *ingénieur retraité*
Marc ZAMICHIEI, *militant du Mouvement mutualiste*

OUVRAGE RÉALISÉ
PAR L'ATELIER GRAPHIQUE ACTES SUD
REPRODUIT ET ACHEVÉ D'IMPRIMER
EN OCTOBRE 2016
PAR NORMANDIE ROTO IMPRESSION S.A.S.
À LONRAI
POUR LE COMPTE DES ÉDITIONS
ACTES SUD
LE MÉJAN
PLACE NINA-BERBEROVA
13200 ARLES

DÉPÔT LÉGAL
1re ÉDITION : NOVEMBRE 2016
N° impr. : 1603725
(Imprimé en France)